Bodo Königsmann

Die Abenteuerlichen Fälle

des

Terry Lomes

Das Todeslabyrinth von Antabar 2

Ich möchte mich auf diesem Wege bei meiner Frau Erika bedanken, danke für all die Liebe und Unterstützung, die du mir Tagtäglich zukommen lässt.

Terry Lomes

Das Todeslabyrinth von Antabar

Das war alles für heute Miss Panther, wir haben morgen einen langen Tag vor uns. Wenn der Prinz das erste Mal an einem Empfang der Queen teilnimmt, ist höchste Konzentration angesagt, da brauchen wir einen klaren Kopf, deshalb sollten wir uns jetzt zur Ruhe begeben. General James Olligator wuchtete seinen Alligatorenkörper geschmeidig aus dem roten Stoffsessel. „Ich werde noch meinen Rundgang machen und mich dann zu Bett begeben". „Bis morgen Früh, sagte Miss Panther und lehnte sich zurück". Was ziehe ich morgen an, dachte sie, stand auf und stellte sich vor den Spiegel, der rechts neben ihrem Bett stand. Sie schaute an ihrem schlanken Körper hinunter. Das schwarze Kostüm und der weiße Hut sind wohl am geeignetsten für solch einen Anlass, dachte die Löwin. Zufällig schaute sie zum Fenster und bemerkte das Blasrohr, dann wurde es dunkel um sie herum und sie fiel zu Boden.

4

General James Olligator hatte seinen Rundgang beendet. Keine besonderen Vorkommnisse, alles war ruhig. Er rechnete auch nicht mit größeren Problemen während des Aufenthaltes hier in England. Zuhause in Afrika war es für die Familie des Königs wirklich gefährlich. Er ärgerte sich immer noch, dass der König ihm befahl, seinen Sohn, Prinz Ahmad nach England zu begleiten. Selbstverständlich wäre er viel lieber daheim geblieben und hätte für den Schutz des Königs gesorgt. Der General betrat sein Zimmer, zog die Gold-Rote- Uniform aus, schlüpfte in seinen Gold weiß gemusterten Schlafanzug, drehte sich zum Bett, spürte ein stechenden Schmerz am Hals und fiel bewusstlos auf sein Bett.

Zur selben Zeit

„Professor Brandy, Professor Rütli, ihre Vorträge über das Todeslabyrinth von Antabar waren sehr interessant. „Sie haben wirklich jeden hier im Saal gefesselt". „Danke Sir Parzival für die Einladung, denn ohne ihr Entgegenkommen hätte es diesen Abend in dieser Form wohl nicht gegeben, sagte

Professor Rütli, ein weißer Steinbock, in bestem Schweizer Dialekt. Es ist gut zu wissen, dass das Todeslabyrinth von Antabar noch den einen oder anderen Zuhörer begeister, denn man stößt des Öfteren auf taube Ohren. Dem kann ich mich nur anschließen Sir Parzival, meinte Professor Brandy, eine Yorkshire Terrier Hündin, deren Creme-rotes Abendkleid durch einen gelben Hut und rote Schuhe abgerundet wurde. Sir Parzival fühlte sich heute in seinem weißem Frack nicht wohl. Der schwarze Hengst rutschte nervös auf dem Stuhl herum. Professor Rütli schaute sich im Lokal um, überlegte kurz und zog sein schwarzes Jackett aus. Sir Parzival winkte einen Ober an den Tisch. Der rotgetigerte Kater, dessen Dienstuniform in Marineblau gehalten war, kam auch sofort. „Wie kann ich ihnen zu Diensten sein, Sir Parzival". „Wir hätten gerne die Speisekarte und drei Tassen Tee. Earl Grey würde ich sagen". „Wie lange darf er ziehen"? „Vier Minuten, würde ich sagen". Der Ober nickte kurz und ging. Etwa zehn Minuten später bestellt man. „Was sind ihre Pläne für die nächsten Monate, Professor Rütli, wenn ich Sie fragen darf". „Sie dürfen, mein lieber, Sie dürfen. „Ich werde morgen früh nach Ankor Bath reisen, um dort die Tempelanlagen zu besichtigen".

„Und Sie, meine liebe, wie schauen ihre Pläne für die nächste Zeit aus"? „Ich werde noch zwei Tage in London bleiben und dann nach Mexiko Reisen, um dort Ausgrabungen zu leiten, worauf ich mich auch schon freue, denn ich treffe dort ein paar nette Kollegen, die ich schon seit längerem nicht mehr sah". „Die Welt scheint doch kein Dorf zu sein, meine liebe". „Sie sagen es, Sir Parzival, sie sagen es, entgegnete Professor Brandy". „Dann, meine lieben sollte man den heutigen Abend mit gutem Essen und netten Gesprächen gemeinsam genießen". „Denn niemand weiß, was die Zukunft bringt, sagte Sir Parzival nachdenklich".

Ein böses Erwachen

General, General, wachen sie auf, kommen sie doch endlich zu sich, drang die Stimme von Miss Panther sehr gedämpft in das Bewusstsein von General James Olligator, als wäre sie weit weg. Nur langsam lichtete sich der Nebelschleier vor seinen Augen und er sah Miss Panther direkt ins Gesicht. Irgendwie kamen ihm ihre Gesichtszüge hektisch und aufgewühlt vor. Was ist denn Miss Panther, fragte er und sein Schädel begann zu brummen. General, Prinz Ahmad wurde entführt.

Sofort war der General wieder klar im Kopf. „Was haben sie gesagt? Der Prinz ist entführt worden? Wann, wie, wo, das ist doch unmöglich, das kann nicht wahr sein". Der General sprang aus dem Bett und stieß dabei Miss Panther um, die dabei rücklings zu Boden fiel. „das kann nicht sein, der wird sich irgendwo verstecken, um seine Ruhe zu haben, um sich auf den Empfang vorzubereiten". „Wir haben das ganze Gebäude samt Park Stück für Stück durchsucht, General. Außerdem waren alle Wachen samt Personal betäubt". Der General überlegte kurz. „Gut, Miss Panther, es hilft wohl nichts. Wir müssen uns Hilfe holen". Der General ging zur Tür. „General, sie sollten ihre Uniform anziehen, bevor sie das Zimmer verlassen. Im Schlafanzug würden sie etwas seltsam wirken". Der General schaute an sich herunter. Er begann zu lachen. „Danke, Miss Panther, das hätte sich bis nach Afrika rumgesprochen und ich wäre zum Gespött der ganzen Nation geworden. Ich werde, nachdem ich mich umgezogen habe, mich auf den Weg zu Sir Mortimer machen, da kommen wir nicht daran vorbei und sie besuchen einen alten Freund und bitten ihn um Hilfe".
Ein Nicken war die Antwort. Wir treffen uns dann bei Sir Mortimer im Büro.

Geburtstage und andere Überraschungen

Terry Lomes saß beim Frühstück im kleinen Salon, als die Tür aufging und Doktor Watts, gefolgt von Miss Leika, Dudelsack spielend den Raum betrat. Er spielte Terry Lomes Lieblingslied (schottische Berge im Abendrot) und steuerte auf den Tisch zu. Miss Leika stand direkt hinter Doktor Watts mit einer Geburtstagstorte in ihren Händen.
Kurz darauf beendete der Doktor das Lied, stellte den Dudelsack auf einen freien Stuhl und setzte sich an den Tisch. Miss Leika räusperte sich kurz, stellte die Geburtstagstorte auf den Tisch, schaute den Doktor an und räusperte sich erneut. Ach ja, bevor ich es vergesse. Miss Leika und ich haben ihnen eine Kleinigkeit zu ihrem Ehrentag besorgt, Lomes. Er griff in die rechte Innentasche seines Jacketts und holte ein kleines dunkelrotes Päckchen heraus. Hier Lomes, für Sie. Machen sie es am besten gleich auf. Vielen Dank an sie beide, sagte Terry Lomes, nahm das rote Päckchen und öffnete es vorsichtig. Terry Lomes strahlte über das ganze Gesicht. Eine Pfeife von Knight und King sagte er und drehte die Pfeife in seinen Händen. Auf dem Pfeifenkopf entdeckte er die Initialen T und L in Gold. Danke nochmals, das ist wirklich

eine gelungene Überraschung und eine große Freude. So und nun zwei oder drei Stück von Miss Leikas wundervoller Ananas-Sahne-Torte und der Morgen ist gerettet, sagte Doktor Watts und seine Augen begannen zu glänzen, als Terry Lomes die Torte anschnitt. Ich bin gleich wieder da meine Herren, sagte Miss Leika, ging in die Küche, holte drei Tassen heiße Schokolade und setzte sich zu den beiden an den Tisch. Terry Lomes hatte in der Zwischenzeit jedem ein Stück Torte auf den Teller gemacht. „Was haben Sie heute noch vor, Lomes, fragte Doktor Watts. Ich dachte, wir drei machen einen Ausflug aufs Land und gehen anschließend gepflegt Essen". Das hört sich wirklich wundervoll an Mister Lomes, meinte Miss Leika strahlend.

„An einem Tag wie heute macht das Verbrechen eine kurze Pause, Lomes". „Watts, das Verbrechen schläft nie, es ruht sich aber ab und an aus".

„Genau das meinte ich, Lomes". „Ich würde mich gerne umziehen, denn in meiner Dienstkleidung möchte ich sie nicht begleiten". „Lassen Sie sich ruhig Zeit, Miss Leika". Einen neuen Weltrekord im Umziehen wollte ich nicht aufstellen, Doktor, entgegnete Miss Leika trocken und verließ den kleinen Salon. Etwa 30 Minuten später betrat Miss den kleinen Salon wieder.

Terry Lomes fiel fast vom Stuhl und musste dem Doktor zur Hilfe eilen, der sich vor Schreck am letzten Bissen seiner Torte verschluckte und fast daran erstickte. Danke Lomes, sagte Doktor Watts und schaute keuchend auf Miss Leika. „Doktor, sie sollten langsamer Essen und nicht so gierig schlingen, sonst ersticken sie eines Tages noch während des Essens. Wie finden sie mein neues Kleid, meine Herren"? „Es steht ihnen sehr gut, antwortete Terry Lomes, der zuerst die Sprache wieder fand". „Der schwarze Hut mit den roten Knödeln drauf, rundet das Ganze noch ab, Miss Leika"."Das sind Bommeln und keine Knödel, dass sie auch immer ans Essen denken müssen, Doktor Watts, sie Kulturbanause". „Dieses Kleid hat mir Marie von Forchheim geschickt. Marie sagte, dass die Tiere im Schwarzwald diese Kleidung bei besonderen Anlässen tragen und für mich ist das ein besonderer Anlass". „Wo sie recht haben, haben sie recht, Miss Leika und das Kleid steht ihnen wirklich gut, ehrlich". Danke Doktor. „Ich werde mal das Automobil aus der Garage Fahren". Warten sie bitte Lomes, ich komme mit, sagte Doktor Watts und folgte Terry Lomes. „Miss Leika hätte uns wenigstens vorwarnen können Lomes, ich wäre ja fast erstickt".

Terry Lomes musste lachen, als er in Doktor Watts vorwurfvolles Gesicht schaute. „Eins ist sicher, egal wo wir heute auch hinkommen, wird Miss Leika die Blicke auf sich ziehen. So etwas hat ganz London noch nicht gesehen". „Da haben sie wohl Recht Lomes". Terry Lomes fuhr das Automobil aus der Garage. Miss Leika zog die Haustür hinter sich zu und schloss ab. Doktor Watts öffnete ihr die Beifahrertür. Ein Polizeifahrzeug fuhr langsam die Einfahrt hoch und hielt vor dem Eingang. Die Beifahrertür ging auf und Inspektor Reinhard stieg aus dem Automobil. Der Collie Hund ging zu Terry Lomes. „Gut, dass ich sie antreffe, dachte schon, ich fahre umsonst hierher". „Da haben sie wirklich Glück gehabt, wir wollten uns gerade auf den Weg machen, Inspektor Reinhard".

„Hallo Doktor, Hallo äh, Miss äh, Miss Leika, Sie schauen so ähm, Chic aus, hätte sie fast nicht erkannt". „Gefällt ihnen mein Kleid, Inspektor? Habe ich aus Deutschland geschickt bekommen". „Die Deutschen haben eben einen besonderen Geschmack, was Mode anbetrifft". Sie sagen es Inspektor Reinhard, entgegnete Miss Leika.

Was können wir für sie tun, fragte Terry Lomes.

„Sir Parzival Leighton ist verschwunden".

„Habe ich Sie richtig verstanden Inspektor,

Sir Parzival ist verschwunden"? Ja Mister Lomes.

„Inspektor Reinhard, entschuldigen sie bitte die Frage, aber wie kann denn der Innenminister von England verschwinden, der geht doch nie ohne Begleitschutz aus dem Haus". „Das, Doktor Watts, ist uns auch ein Rätsel". „Ich würde sagen, wir gehen ins Haus und Sie teilen uns bitte ihre gesamten Erkenntnisse mit". Der Inspektor nickte kurz und folgte Terry Lomes und dem Doktor in den kleinen Salon. Miss Leika brachte eine Kanne Earl Grey und drei Tassen und setzte sich dazu.

„So, dann legen Sie mal los, Inspektor Reinhard". „Da gibt es nicht viel zu Berichten, Doktor Watts. Das letzte Mal, das man Sir Parzival sah, war, als er gemeinsam mit den Professoren Brandy und Rütli im Hollys speiste. Die drei verließen gegen Mitternacht gemeinsam das Lokal, mehr gibt es nicht zu Berichte. Sir Parzival und die Professoren sind spurlos verschwunden. Wir von Scotland Yard gehen davon aus das die Professoren an der Entführung beteiligt waren. „Das glaube ich nicht Inspektor". „Warum glauben sie das nicht Lomes, wenn ich mal fragen darf"? „Die Professoren sind Archäologen, keine Entführer, Watts". Hat es alles schon gegeben Lomes entgegnete der Doktor.

„Da muss ich Doktor Watts beipflichten,

sagte Miss Leika". „Mister Lomes, wir verhören gerade eben die Haushälterin von Professor Rütli, vielleicht hilft uns das ja weiter". „Ich denke, wir sollten zu Scotland Yard fahren, dort haben wir mehr Möglichkeiten, meinte Terry Lomes".

Ich werde mich aber vorher umziehen, sagte Miss Leika, stand auf und verließ den Raum.

Es klingelte und Miss Leika ging maulend zur Tür. Da kleidet man sich extra Chic, freut sich auf einen Ausflug bei bestem Sonnenschein und was passiert, Scotland Yard braucht unsere Hilfe.

So ein riesiger Beamtenapparat und bekommt die einfachsten Fälle nicht gelöst. Typisch Beamte".

Sie öffnete kopfschüttelnd die Tür und strahlte im nächsten Moment. „Miss Panther, welch freudige Überraschung, es ist ja eine Ewigkeit her, als wir uns das letzte Mal sahen". „Wenn die Umstände besser wären, wäre die Freude des Wiedersehens größer". Probleme, fragte Miss Leika. Sehr große Probleme, antwortete Miss Panther. Man sah der Löwin ihren Kummer an. „Ist Mister Lomes da, Miss Leika. Wenn ja, würde ich ihn bitte sprechen. Miss Leika nickte. „Er und der Doktor sind mit Inspektor Reinhard im kleinen Salon, ich bringe sie sofort zu ihm". „Miss Leika, bevor sie mich zu ihm bringen, verraten sie mir bitte, wo sie dieses

Entzückende Kleid und diesen wunderschönen Hut herhaben"? „Gefällt es ihnen, Miss Panther"? „Ganz mein Geschmack, Miss Leika. Könnten sie mir auch so etwas besorgen? „Ich werde mich gleich mit Marie von Forchheim in Verbindung setzen, Miss Panther. Aber zuerst bringe ich sie zu Mister Lomes". Kurz darauf klopfte Miss Leika an der Tür, öffnete sie und betrat mit Miss Panther den kleinen Salon. „Hallo Mister Lomes, General Olligator schickt mich, wir benötigen ihre Hilfe. Prinz Ahmad wurde heute Nacht entführt".

„Der Prinz wurde entführt, wie konnte das denn passieren, er ist doch die am besten bewachte Person in England". „Ich weiß Doktor Watts, aber es ist geschehen und wir wissen nicht weiter, wir benötigen dringend ihre Hilfe". „Miss Panther, könnten sie uns vielleicht berichten, wie es dazu kam, damit wir uns ein Bild machen können und uns anschließend zu General Olligator bringen".

Der General wartet bei Sir Mortimer auf uns, sagte Miss Panther und zur Entführung kann ich ihnen leider nichts sagen, denn wir wurden alle betäubt und sind erst am Morgen aufgewacht.

Fassungslosigkeit machte sich im Raum breit.

Alle wurden betäubt, sagten sie, meinte Terry Lomes gedankenverloren. Miss Panther nickte.

Von den Toten auferstanden

Spezialagent Spike Mihok vom FBI, Kommissario Umberto Gnocchi von Interpol Italien, danke das sie es einrichten konnten, meiner Einladung Folge zu leisten, ich hoffe, man hat sie gut behandelt, sagte eine vermummte Gestalt, am anderen Ende des fast dunklen Raumes und lachte dabei.
Spezialagent Mihok, ein schwarz-weißer Husky Mischling, fuhr sich mit der rechten Hand über sein zerschundenes, blutendes Gesicht.
„Doch, wir wurden hervorragend behandelt.
Ich glaube, zwei, drei Zähne fehlen, ansonsten kann ich mich aber nicht beschweren. Was ist mit ihnen, Kommissario, wie geht es ihnen"?
„Danke der Nachfrage Spezialagent. Mir fehlen zwar keine Zähne, weil wir Esel offensichtlich das bessere Gebiss haben, aber ansonsten sehe ich auch nicht besser aus als sie. „Ich sehe, sie haben Humor, meine Herren, den werden sie sicherlich brauchen, wenn wir morgen früh den Raum fluten. Wir haben nämlich extra für diesen Anlass die Rohrleitungen etwas umgeleitet".
„Scotland Yard sucht nach uns". „Kommissario, die haben im Moment größere Probleme, das kann ich ihnen versichern. Die werden nicht nach

ihnen suchen". Spezialagent Mihok schaute die vermummte Gestalt durch seine geschwollenen Augen an. „Wenn ich schon so jung sterben muss, würde ich gerne wissen, wer für meinen Tod verantwortlich ist, wenn es ihnen nicht zu viel Umstände macht"? „Todgeweihten sollte man den letzten Wunsch erfüllen, Spezialagent".

Die Vermummte Gestalt zog sich langsam die Kapuze vom Kopf und lachte dabei. „Spaghetto, ich hab's gewusst, habe ich's ihnen nicht gesagt, Spezialagent, Spaghetto lebt und dieses ganze Theater um seinen Tod war alles geplant, damit er von der Bildfläche verschwinden kann".

Spaghettos weißer Katzenkopf schaute auf den Kommissario. „Ich wusste, dass sie nicht an mein Ableben glauben würden, deswegen sind sie hier. Sie sind mir schon zu lange auf den Fersen und waren ganz nah dran, mir etwas Nachzuweisen, das war auch der Grund für meinen fingierten Tod und ihre Entführung. Tod sind sie nützlicher für mich, Kommissario. So und nun darf ich mich von ihnen verabschieden, die Zeit drängt, ich muss mich wichtigeren Dingen widmen. Gutes sterben meine Herren, wenn sie noch etwas benötigen, rufen sie bitte, es wird sie keiner hören".

Spaghetto verließ den Raum, schloss die schwere

Eisentür ab und lachte dabei. „Ich fürchte, jetzt stecken wir richtig in der Klemme, Kommissario". „Ich denke, da haben sie wohl recht Spezialagent Mihok.

Beratung bei Scotland Yard

Nachdem Miss Leika sich umgezogen hatte, fuhr man gemeinsam zu Scotland Yard und betrat kurz darauf Sir Mortimers Büro in dem General Olligator schon ungeduldig auf sie wartete.
„Mister Lomes, gut, dass sie da sind. Ich werde noch verrückt. Wie soll ich denn dem König das Verschwinden seines Sohnes beibringen? Er hat mich, gegen meinen ausdrücklichen Wunsch, mit dem Prinzen nach London geschickt, um so etwas zu verhindern". „Eins nach dem anderen, General Olligator. Im Moment brauchen sie König Viral nicht zu informieren. Viel wichtiger ist, dass sie sich beruhigen und wir alle Kräfte mobilisieren können, um den Prinzen wiederzufinden".
„Sie haben ja recht Mister Lomes. Ab jetzt gilt unsere ganze Aufmerksamkeit der Suche nach Prinz Ahmad. „Sir Mortimer, Inspektor Reinhard hat uns über das Verschwinden von Sir Parzival informiert. Gibt es inzwischen etwas neues"?

„Nein, Mister Lomes, leider nicht. Jetzt werden auch noch Spezialagent Spike Mihok vom FBI und Kommissario Umberto Gnocchi von Interpol seit Gestern vermisst". „Sir Mortimer, was haben denn die beiden in London gewollt"? „Sie waren auf der Suche nach einem Spaghetto, mehr weiß ich leider auch nicht, Mister Lomes". Terry Lomes stopfte Honigtabak in seine Pfeife, entzündet ihn und schaute gedankenverloren dem Rauch nach. „Was hat das alles mit der Entführung von Prinz Ahmad zu, Mister Lomes"? fragte der General sichtlich angespannt. „Ich glaube, dass das ganze ein und dieselbe Handschrift trägt, General".
„Das verstehe ich jetzt nicht, Mister Lomes".
„Auf der Fahrt hierher habe ich mir so meine Gedanken gemacht. Professor Brandy und ihr Kollege Professor Rütli sind weltweit anerkannte Archäologen. Die beiden sind Kapazitäten auf dem Gebiet Antabar. Meines Wissens, arbeiteten die beiden seit geraumer Zeit daran, das Rätsel, um das Todeslabyrinth von Antabar zu lösen.
Es gibt aber noch einen dritten Fachmann auf dem Gebiet Antabar, der zufällig zur gleichen Zeit hier in London ist". Der General schaute Terry Lomes ungläubig an. „Sie haben recht, man kann Prinz Ahmad sicherlich als Fachmann für das

Todeslabyrinth von Antabar bezeichnen, obwohl dass nur sehr wenige wissen". „Was hat das mit der Entführung von Sir Parzival zu tun"?

Das kann ich ihnen beantworten, sagte Doktor Watts. „Sir Parzival war viele Jahre Botschafter in Afrika und hat immer noch beste Beziehungen dort hin. Das könnten die Entführer nutzen, um vor Ort das eine oder andere zu besorgen".

Inspektor Reinhard nickte. „Da haben sie wohl recht, Doktor Watts". Terry Lomes wischte sich einen Fussel vom Ärmel seines beigen Anzugs.

„Watts, erinnern sie sich noch an den Artikel in der Times, über den Tod und das Verschwinden des Leichnams eines gewissen Illusionisten und Magiers Spaghetto. Wenn ich mich nicht irre, spielten sich diese Vorgänge in Rom ab". „Sie irren sich nicht Lomes. Ich habe diesen Artikel auch nicht vergessen. „Sir Mortimer, könnten Sie sich über diesen Spaghetto erkundigen"? Ein Nicken war die Antwort. „General, da gibt es noch etwas, das mir große Sorgen bereitet". Der General sah Terry Lomes neugierig an. „Es gibt nur ein Serum, dass einen Olligator betäubt und dessen Zutaten und Dosierung, sind meines Wissens, das am besten gehütete Geheimnis der Olligatoren ".

„Das ist richtig, Mister Lomes und ich muss ihnen

gestehen, dass mir dieser Umstand auch große Sorgen bereitet". „Wer weiß davon, General"?

„Wenn ich ihnen das sagen würde, müsste ich sie auf der Stelle töten, Inspektor Reinhard.

Allgemeines erstaunen machte sich im Büro von Sir Mortimer breit. „Sir Mortimer, könnten der Doktor und ich bitte mit der Haushälterin von Professor Rütli sprechen". „Selbstverständlich, wenn sie mir bitte folgen würden, ich bringe sie zu ihr. Sie hört auf den Namen Kupernikus, Mister Lomes, Agathe Kupernikus". „Danke Sir Mortimer, das macht dieses Gespräch einfacher".

Kurz darauf betrat man die Zelle, in der Agathe Kupernikus weinend auf einer Zellenpritsche saß.

„Hallo Miss Kupernikus, mein Name ist Lomes und das ist Doktor Watts. Wären sie so freundlich und würden uns ein paar Fragen beantworten"?

„Ich habe den Polizisten doch schon alles gesagt sagte die Schäferhündin, die ein blaues Kleid trug. Ich weiß doch nicht, wo die Professoren sind, was wollen sie denn noch"? „Man kann immer nur auf die Fragen antworten, die einem gestellt werden, Miss Kupernikus. „In Ordnung Mister Lomes, ich werde ihre Fragen, so gut ich kann, beantworten".

„Kannten sich die Professoren und Sir Parzival schon länger"? „Nein, sie kannten sich vor diesem

Abend gar nicht, Mister Lomes". „Hat Sir Parzival die beiden zu dem Vortrag eingeladen"? „In der Tat, Doktor Watts und der Professor hatte kein gutes Gefühl dabei". Warum? Fragte Terry Lomes neugierig. „Weil Sir Parzival so ein eigenartiges Verhalten an den Tag legte. Er wirkte irgendwie nervös und war nicht ganz bei der Sache".

„Nahmen die Professoren ihre Aufzeichnungen zu diesem Vortrag mit"? „Nein Mister Lomes, das hätten die beiden nie gemacht. Sir Parzival hatte sie darum gebeten, er flehte sie fast an, aber nein, sie hatten die Aufzeichnungen nicht dabei".

„Wo sind die Aufzeichnungen jetzt". „Die habe ich gut versteckt, Doktor Watts". „Würden sie uns die Aufzeichnungen geben, Miss Kupernikus"?

„Ja sicher, Mister Lomes. „Aber was wollen sie damit anfangen"? Die können uns bei der Suche nach den Professoren helfen, sagte Doktor Watts. Agathe Kupernikus strahlte plötzlich. Das wäre wunderbar Doktor Watts, erwiderte sie und stand auf. „Sir Mortimer, ich denke, sie ist unschuldig".

„Sie haben wohl recht, Mister Lomes. Ich werde sofort veranlassen, dass man Miss Kupernikus aus der Haft entlässt". Etwa fünfzehn Minuten später betraten die vier das Büro von Sir Mortimer.

„Miss Leika, Miss Panther, ich möchte ihnen

Agathe Kupernikus vorstellen. Sie wird uns helfen die Professoren zu finden. Ich möchte sie beide bitten, Miss Kupernikus zu begleiten und dann mit den Aufzeichnungen hierher zu kommen.
Aber passen sie bitte auf, lassen sie bitte größte Vorsicht walten, denn, wir wissen nicht, mit wem wir es zu tun haben". „Selbstverständlich, Mister Lomes, wir passen schon auf uns auf. Das gute ist, dass die auch nicht wissen, mit wem die es zu tun haben. Stimmts, Miss Panther. Da kann ich ihnen nur zustimmen, Miss Leika, erwiderte diese.
Kurz darauf verließen die drei Damen das Büro von Sir Mortimer. Und was machen wir, fragte der General ungeduldig. „Wir, General, schauen mal bei Sir Parzival vorbei". „Der wurde doch entführt, den werden sie dort nicht antreffen". „Ihn nicht, da gebe ich ihnen recht Inspektor Reinhard.

Hoffnungslos

„Kommissario, an was denken sie gerade".
An einen Katze Macchiato, erwiderte dieser und verdrehte dabei seine großen Eselsaugen.
„Kenne ich nicht Kommissario, tut mir leid.
„Das glaube ich ihnen sofort Spezialagent, gibt's auch nur in Italien, aber da auch nicht überall.

23

„Hat vor ein paar Jahren ein Kaffeehausbesitzer in Mailand erfunden. Diesem Kater sollte man eine Medaille verleihen, das kann ich ihnen sagen.

Schritte hallten durch den Gang, kamen langsam näher und verstummen vor der Tür. „Ich denke, es müssen fünf oder sechs Personen sein".

„Da haben sie wohl recht, Kommissario. Ich bin gespannt, was jetzt auf uns zukommt". „Nichts gutes Spezialagent, so viel ist sicher", Die Tür flog auf und Spaghetto betrat mit vier vermummten Gestalten und einer braun-weiß gefleckten Stute, deren gelbes Kleid blutverschmiert war und die sich verzweifelt wehrte, den Raum. Kettet sie an, befahl Spaghetto, mit schneidender Stimme.

„Das wird ihnen noch leidtun, soviel ist sicher, sie Barbar. Diese abscheulichen Verbrechen bleiben nicht folgenlos für sie und ihre Schergen".

„Lady Konstanze, da ich sie nicht mehr benötige, werden sie diesen Herrschaften beim Sterben ein wenig Gesellschaft leisten. Ihren Vater werden sie bald wiedersehen, denn ihn benötigen wir auch nicht mehr. Meine Herren, wir müssen ihren Tod leider etwas vorverlegen, ich hoffe, es stört sie nicht". „Aber nein, Spaghetto, man muss den Tod nehmen, wie er kommt". „Vernünftige Einstellung Kommissario. Ich wünsche ihnen ein fröhliches

Ableben. Meine Herren, My Lady, auf nimmer wiedersehen". Ein Vermummter drehte an einem Rad, das sich über der Tür befand und Wasser ergoss sich aus sechs Rohren, die in die Wand eingelassen waren. Spaghetto verließ mit den Vermummten den Raum und sein Lachen hallte durch den Gang. Er schloss die Tür ab und folgte seinen Leuten. Lady Konstanze rüttelte und zerrte an den Ketten. „Das bring nichts, haben wir auch schon versucht". „Ach so und was sollen wir dann machen. Einfach kampflos sterben ist für mich keine Option". Ja, erwiderte der Spezialagent. „Sie haben vielleicht Humor, das kann ich ihnen sagen, fauchte Lady Konstanze". „Meine liebe, ihn jetzt anzuschreien bringt jetzt wirklich nichts. Wenn ich mich Vorstellen darf. Mein Name ist Umberto Gnocchi, ich arbeite für Interpol Italien und bin dort Kommissario. Der Herr neben mir ist Spezialagent Spike Mihok vom FBI und wer sind sie, wenn ich fragen darf". „Ich heiße Konstanze Leighton und bin die Tochter des Innenministers von England. „Oh verdammt, das hat er gemeint, als er sagte, das Scotland Yard nicht nach uns sucht, die haben größere Probleme". Die haben wir jetzt auch, erwiderte der Spezialagent. „Wissen sie, was das bedeutet, Kommissario"?

25

„Ja, nie wieder Katze Macchiato". „So kann man das ausdrücken, Kommissario". Lady Konstanze schaute von einem zum anderen. „Was wollen sie damit sagen, meine Herren". „Soll heißen, My Lady, dass unsere letzte Hoffnung vergebens war. Uns wird wohl niemand suchen, vom Finden oder Retten, ganz zu schweigen". „Kommissario, das kann und werde ich nicht einfach so hinnehmen". Das Wasser floss langsam, aber unaufhörlich in den Raum. „Wie lange wird es wohl dauern, bis das Wasser den Raum so gefüllt hat, dass wir darin ums Leben kommen werden, Spezialagent". „Schwer zu sagen, My Lady, zehn, zwölf Stunden Vielleicht, aber so genau kann ich das nicht sagen. „Dann haben wir noch zehn oder zwölf Stunden Hoffnung, meine Herren".

Ein legaler Einbruch

Terry Lomes, Doktor Watts, Inspektor Reinhard, der General und zwei Olligatoren erreichten das Anwesen von Sir Parzival Leighton. Der Inspektor klingelte an der Tür, aber niemand machte ihnen auf. „Hab ich es ihnen nicht gesagt, Mister Lomes. Niemand hier, der Weg war umsonst". „Inspektor, finden sie es nicht eigenartig, dass niemand im

Haus ist, weder seine Tochter noch irgendein Angestellter"? „Das wird seine Gründe haben, Doktor Watts". „Ich denke, wir sollten mal nach dem Rechten schauen, Inspektor Reinhard".

„Wollen sie vielleicht durchs Schlüsselloch ins Haus kommen, Mister Lomes"? So etwas in der Art, Inspektor, sagte Terry Lomes, holte einen Draht aus seiner Jacketttasche und machte sich am Schlüsselloch zu schaffen. „Sie werden doch nicht etwa in das Haus von Sir Parzival Einbrechen wollen. Er ist der Innenminister von England.

Da bricht man nicht einfach ein, Mister Lomes".

„Mit Scotland Yard an unserer Seite, wäre das kein Einbruch im herkömmlichen Sinne, wenn ich das mal anmerken darf, mein lieber Inspektor.

„Sie machen mir Spaß, Mister Lomes. Schleppen mich hier her, um mit mir einzubrechen".

Der General grinste und zeigte dabei seine spitzen Zähne. „Immer für eine Überraschung gut, das muss man ihnen schon lassen". Danke General, erwiderte Terry Lomes und im nächsten Moment öffnete sich die Tür. Wie soll ich das alles denn vor Sir Mortimer Rechtfertigen, dachte der Inspektor und betrat als letzter widerwillig das Haus.

Sie durchsuchten das Erdgeschoss und fanden in der Küche sechs Leichen. Ich würde sagen, dass waren die Hausangestellten, sagte Terry Lomes. Ich weiß nicht, mit wem wir es hier zu tun haben, aber er ist skrupellos und gefühlskalt, meinte der Doktor, nachdem er die Leichname untersucht hatte. „Sie wurden vergiftet, nicht alle starben zur gleichen. Dieses Gift wirkt langsam und ist wohl sehr schmerzhaft". „Erinnert sie das an etwas, General". „Ja, Mister Lomes, da sollte wohl jemand bei Laune gehalten werden, wenn ich das mal so ausdrücken darf". „Genau General. Entweder Sir Parzival oder seine Tochter. Übernehmen sie bitte das Obergeschoß mit ihren Leuten, wir werden uns mal im Keller umsehen". „Wir gemacht Mister Lomes".

Bis zum Hals im Wasser

Das Wasser lief von Minute zu Minute schneller aus den Rohren. Nach zwanzig Minuten stand es bereits kniehoch im Raum. „Ich fürchte, wenn das Wasser weiter in dem Tempo steigt, wird es uns in zwei bis drei Stunden Töten, Spezialagent. „Da haben sie leider recht Kommissario und wir können nichts dagegen tun". Vielleicht sollte wir schreien, meinte Konstanze Leighton. „Ein Esel schreit nicht, schon gar nicht um Hilfe.

Wir sind viel zu Stolz, das mache ich auf gar keinen Fall. Lady Konstanze fing an, um Hilfe zu rufen. „Das bringt doch nichts, es kann uns doch niemand hören". „Mag sein, Spezialagent Mihok, aber mir hilft es, meine Angst ein bisschen unter Kontrolle zu halten. „Ich hätte zu gern gewusst, was Spaghetto vor hat". „Muss wohl was Großes sein, wenn er meinen Vater entführt hat und ihn später töten wird". „Den Innenminister entführen uns töten, ich weiß nicht, aber das ist alles eine Nummer zu groß für Spaghetto". „Bisher war das eine Nummer zu groß für ihn, Kommissario, er hat sich weiterentwickelt, wenn auch in die falsche Richtung. Das ist nicht das erste Mal, das ein Tier mit einem kriminellen Potenzial wie Spaghetto diesen Weg einschlägt und wir wissen nicht, was er alles so trieb, von dem wir nicht die geringste Ahnung haben". „Sie mögen ja recht haben, aber irgendwie glaube ich das nicht, Spezialagent, da muss was anderes dahinterstecken". Das Wasser stieg unaufhaltsam und sehr schnell, mittlerweile reichte es ihnen bis zum Bauchnabel. Die Kälte machte sich in ihren Körpern breit. Ihre Füße spürten sie schon nicht mehr. Der Spezialagent stimmte in die Hilferufe von Lady Konstanze mit ein. Das bringt doch nichts, sagte Kommissario

Gnocchi und schüttelte mit dem Kopf. Wenn wir zusammenrufen hört uns vielleicht doch jemand, erwiderte der Spezialagent. „Nein, nein, ich mach dass nicht, das lässt mein Stolz nicht zu". Als ihnen das Wasser bis zur Brust reichte und die Angst sich in ihm breit machte, entschied sich der Kommissario um und begann ebenfalls um Hilfe zu rufen.

Rettung in letzter Sekunde

Terry Lomes ging mit Doktor Watts und Inspektor Reinhard in den Keller. Sie öffneten die erste Tür, machten das Licht an und betraten den Raum. Auf dem Boden lagen zwei regungslose Tiere. „Das sind George Smith und Joe Weston. Die beiden waren für den Schutz von Sir Parzival eingeteilt". „Kannten Sie sie gut, Inspektor"? „Ja, Mister Lomes, wir haben früher des öfteren zusammengearbeitet". Doktor Watts schaute sich die Toten an. „Die wurden von hinten erstochen, Lomes". Wir sollten vorsichtig sein, sagte Terry Lomes und zog sein Schwert. Der Inspektor lief Gedankenverloren zur nächsten Tür, als die Tür aufflog und den Inspektor mit voller Wucht am Kopf traf. Er verlor das Bewusstsein und sank zu

Boden. Im nächsten Augenblick stürmten vier Vermummte Gestalten auf Terry Lomes und den Doktor zu und griffen sofort an. Der Doktor zog sein Schwert und schlug dem ersten Angreifer die Faust ins Gesicht. Der Vermummte stoppte kurz und bekam einen tritt in den Bauch. Der Vermummte wurde nach hinten geschleudert und riss den hinter ihm laufenden Angreifer mit zu Boden. Terry Lomes nutzte diesen Moment der Verwirrung aus und stürzte sich auf den dritten Vermummten. Er verwickelte ihn in einen kurzen Schwertkampf, trieb ihn vor sich her, so dass der vierte Angreifer nicht an ihm vorbeikam. In der Zwischenzeit entwaffnete der Doktor die beiden, am Boden liegenden, Angreifer und rief nach dem General. Terry Lomes lies dem Vermummten keine Zeit, seine Schwertstreiche waren hart und zielgenau. Er verletzte seinen Gegner zuerst am linken Bein, um ihn kurz darauf das Schwert aus der Hand zu schlagen. Der vierte Vermummte warf sein Schwert zu Boden und ergab sich, als er die Olligatoren sah. „Würden sie sich bitte um die beiden kümmern General, ich muss mal nach dem Inspektor schauen". Ein grimmiges Nicken war die Antwort. Doktor Watts fühlte den Puls. Dann hielt er ihm Riechsalz unter die Nase.

Inspektor Reinhard öffnete die Augen. „Was ist passiert Doktor Watts"? „Sie haben eine Tür an den Kopf bekommen, Inspektor". „Ach ja, genau, langsam kommt die Erinnerung wieder".

Blut lief aus einer Platzwunde und tropfte auf den Boden. „Hören sie die Hilferufe auch, Mister Lomes"? Ja, erwiderte Terry Lomes und drehte sich um. Aus der letzten Tür rann Wasser. Terry Lomes lief los. Fesselt die Vermummten, befahl der General und folgte Terry Lomes und Doktor Watts. Terry Lomes holte den Draht wieder aus der Jacketttasche und bearbeitete das Schloss damit. Mittlerweile waren die Hilferufe kaum noch zu hören. Kurz darauf machte es klack und das Türschloss war offen. Terry Lomes klopfte die Tür ab. Gusseisern sagte er und stemmte sich mit dem General gegen die Tür. Das wird nichts, sagte der General. „Mister Lomes, gehen sie bitte zur Seite. Meine Leute und ich drücken gegen die Tür und sie benutzen ihr Schwert als Hebel, sobald sich eine Möglichkeit bietet. Die Olligatoren stemmten sich gegen die Tür und Terry Lomes setzte sein Schwert als Hebel ein. Die Tür begann sich langsam zu öffnen. Mittlerweile schoss das Wasser aus dem Raum und floss den Gang hinunter. Doktor Watts drängte sich durch den schmalen Spalt, der sich ihm bot. Als er im Raum war, schaltete er das Licht an und suchte nach dem Mechanismus, mit dem das Wasser abzustellen war. Über der Tür entdeckte er ein Rad und drehte es. Das Wasser hörte langsam auf aus den Rohren zu fließen. Kurz darauf hatte man die Tür ganz geöffnet und das Wasser gab den Raum wieder frei. Lady Konstanze, schön sie zu sehen, sagte Terry Lomes erleichtert. „Und sie, meine Herren, sind dann wohl Spezialagent Spike Mihok und Kommissario Gnocchi. Ja, erwiderte der Kommissario knapp. Ich werde dann mal bei Sir Mortimer und im Krankenhaus anrufen, sagte Inspektor Reinhard und begab sich auf die Suche nach einem Telefon. Kurz darauf wimmelte es im Haus vor Polizisten.

Ein Schlagkräftiges Trio

Miss Leika winkte ein Taxi zu sich und stieg, gefolgt von Miss Panther und Agathe Kupernikus ein. „Wohin darf ich die Damen fahren"?
Zur Pension Pink Rose bitte, erwiderte Agathe Kupernikus. Das ist eine der besten Pensionen in London, meinte Miss Leika. Sauber, gutes Essen und nicht zu teuer.

„Da kann ich ihnen nur beipflichte Miss Leika, an der Pension gibt es nichts auszusetzen. Professor Rütli bucht seit Jahren immer die gleichen zwei Zimmer". Agathe Kupernikus war den Tränen nahe. Hoffentlich ist ihm nichts passiert, das würde ich nicht überleben". „Machen sie sich bitte keine Sorgen meine liebe, wir werden den Professor schon finden, es wird alles gut". Danke Miss Leika, erwiderte Agathe Kupernikus und beruhigte sich wieder. Die Fahrt dauerte etwa 25 Minuten. Miss Leika bezahlte den Fahrer und man verließ das Taxi. Kurz darauf betrat man die Pension. Die Rezeption war nicht besetzt. Eigenartig meinte Miss Leika, schaute sich um und ein ungutes Gefühl beschlich sie. „Wir müssen in den ersten Stock, Zimmer 25, Miss Leika". Ein angespanntes Nicken war die Antwort. Kurz darauf betraten die drei Damen das Zimmer von Agathe Kupernikus. „Da hat wohl jemand gründlich gesucht, Miss Leika". „Wo sie recht haben, haben sie recht, Miss Panther". „Oh nein, meine schönen Kleider, wer tut den so etwas". „Da kommen wir wohl zu spät". „Nein, Miss Panther, die Aufzeichnungen haben diese Banausen mit Sicherheit nicht gefunden, die sind nämlich gut versteckt".

Agathe Kupernikus hob auf dem Weg zum Bett einen Teil ihrer Kleidung auf, schob das Bett zur Seite, bückte sich, löste drei Holzdielen aus dem Boden, holte die Aufzeichnungen heraus und gab sie Miss Leika. „Ich sagte doch, die haben sie nicht gefunden". Wer warten kann, ist manchmal im Vorteil, sagte eine kräftige Männerstimme und fünf Maskierte betraten das Zimmer. „Wenn ich um die Aufzeichnungen bitten darf". Warum soll ich ihnen, denn die Aufzeichnungen geben, sagte Miss Leika. „Weil wir ihnen sonst wehtun müssen und das wollen sie bestimmt nicht". „Miss Leika, fünf gegen drei ist unfair, da sind wir doch im Vorteil". „Ich weiß Miss Panther, aber was soll ich machen". Wer nicht hören will muss fühlen, tut mir aufrichtig leid, erwiderte der Anführer und im nächsten Moment griffen drei Maskierte mit gezückten Schwertern an. Miss Leika ging zum Gegenangriff über. Der Maskierte rannte auf sie zu, holte aus schlug zu und lief ins Leere, denn Miss Leika wich geschickt aus, stellte ihm den Fuß und rammte dem Maskierten ihren Schwertknauf in den Rücken. Der Angreifer prallte gegen die Wand und blieb bewusstlos liegen.
Miss Panther ließ ihren Handkanten freien Lauf. Der erste schlag traf ihren Gegner am Kinn,

mit dem zweiten Schlag, der gegen seine Schläfe krachte, schlug sie ihn Bewusstlos.

Agathe Kupernikus lief zwei Schritte zurück, ging kurz in die Hocke, griff sich eine Schublade und schlug sie dem Angreifer über den Kopf, holte ein Wurfmesser aus ihrer Jackentasche und hielt es ihm an den Hals. Miss Leika warf ihr Schwert und traf den Wortführer der Maskierten, der gerade fliehen wollte, in den Oberschenkel. Der fünfte Maskierte ergab sich und zog seine Kapuze vom Kopf. Ich ergebe mich, sagte die Katzendame und legte ihr Schwert auf den Boden. Miss Panther fesselte sie und man rief Sir Mortimer an.

Kurz darauf wimmelte es vor Polizisten in der Pension. Man durchsuchte die Pension und fand drei Mitarbeiter Tod in einem Kellerraum.

Warum haben sie die Mitarbeiter getötet? Fragte Miss Leika die Katzendame. „Wir waren nicht für den Tod dieser Tiere verantwortlich, erwiderte die Katzendame. Wir wurden beauftragt, dieses Zimmer zu dursuchen und sollten ein Buch mit Aufzeichnungen finden. Wir waren gerade fertig als sie die Pension betraten, versteckten uns im Nebenzimmer und belauschten sie. Als sie dieses Buch fanden dachten wir, dass es ein leichtes wäre, ihnen dieses Buch abzunehmen".

Miss Leika stand auf, ging in den Keller und schaute sich die Toten an. Sie erschrak, als sie zwei der Toten erkannte. Ich muss sofort Mister Lomes informieren dachte sie, suchte sich ein Telefon und rief bei Sir Mortimer an.

Commandante Laura Muscogiuri Commandante Muscogiuri stand mit dem Rücken zur Wand. Ein Lächeln huschte über die Lippen der rotgetigerten Katze. Vier Gegner kamen auf sie zu. „Wer macht den Anfang"? Ich, sagte der größte von ihnen und stürmte los. Der Wolf zog sein Schwert und versuchte den Commandante zu treffen. In der Zwischenzeit nutzte ein Pudel die Gunst der Stunde und schlich sich von rechts an den Commandante an. Von links kamen zwei Ziegen auf ihn zu. Der Commandante wich den ersten drei Schwerthieben aus und schlug zu. Das rechte Bein des Commandante traf den Wolf im Bauch und ließ ihn rückwärts taumeln. Er ließ sein Schwert fallen und sank zu Boden. Der Pudel war sich seiner Sache zu sicher und kam genau einen Schritt zu nahe an den Commandante, der diesen Fehler sofort ausnutzte und seine Fäuste gnadenlos einsetzte. Zwei Faustschläge trafen den Pudel im Gesicht, der schreiend zurückwich.

Die beiden Ziegen trauten sich nicht mehr und hielten einen Sicherheitsabstand. Aber meine Damen, sie werden jetzt doch nicht aufgeben. Die Ziegen rannten los. Der Commandante lies sich auf den Boden fallen, griff nach dem Schwert des Wolfes, trat der ersten Ziege gegen das linke Bein und brachte sie so zu Fall. Der zweiten Ziege schlug sie den Schwertknauf ans Schienbein. Der Commandante stand auf und schüttelte den Kopf. „Das war miserabel, gelinde gesagt. Begeben sie sich bitte zum Rest der Klasse". Der Commandante drehte sich um und schaute in die Gesichter seiner Schüler. „Ich würde sagen, wir machen ein paar Schieß und Wurfübungen. Gehen sie bitte auf ihre Zimmer, holen sechs Wurfmesser, einen Bogen und zehn Pfeile. Wir treffen uns in 15 Minuten vor dem Gebäude und ziehen sie bitte geeignete Kleidung an". Die Tür der Trainingshalle ging auf und ein Polizist in Uniform betrat die Halle. „Commandante, sie sollen bitte sofort zum Generale kommen". Ich komme, erwiderte der Commandante, folgte dem Polizisten und verließ die Halle. Ein raunen ging durch die zwanzigköpfige Gruppe. Mir tut alles weh, sagte der Wolf. Ich hoffe, das mit den Wurf und Schießübungen findet nicht statt, sagte

ein Fuchs und hielt sich den rechten Arm.
„Wie soll ich mit dem Arm meinen Bogen halten,
ich kann ihn ja kaum heben". Mir geht es genauso,
Jean, meinte ein Hirsch. „Lass uns unsere Waffen
holen Pietro und hoffen, dass wir für heute fertig
sind". Die Hoffnung stirbt zuletzt Jean, erwiderte
der Hirsch und die Gruppe verließ die Halle.
Der Commandante betrat das Büro von Generale
Raviolo. Der Boxerhund schaute sie mit ernster
Miene an. „Setzen sie sich bitte Commandante.
Wir haben ein Problem von Nationaler Tragweite.
Mauro Reale ist letzte Woche aus dem Gefängnis
ausgebrochen". „Wie ist das möglich, er war doch
in einem Hochsicherheitstrakt, rund um die Uhr
bewacht, weil man dieses Szenario vermeiden
wollte, Generale". „Ich weiß, Commandante".
„Wieso erfahren wir das erst jetzt, Generale"?
„Genau dieselbe Frage habe ich auch gestellt
Commandante. Die Antwort können sie sich
Denken. Nichts als Ausflüchte". „Wie immer
Generale. Ich nehme an, ich soll Mauro Reale
wieder ins Gefängnis bringen". Ein Nicken war die
Antwort. „Ich werde mich dann mal nach Udine
aufmachen und dem Gefängnis einen Besuch
abstatten und mit allen sprechen, die damals
bei der Festnahme von Mauro Reale beteiligt

gewesen sind, denn die schweben in größter Gefahr". „Das werde ich übernehmen.
Sie fahren nach London Commandante und melden sich bitte bei Sir Mortimer, er wird ihnen alles Nötige erläutern, uns fehlt leider die Zeit dazu. Ihr Luftschiff steht schon bereit. Passen sie bitte auf sich auf Commandante, dieser Mauro Reale ist gerissen und gefährlich".
Ich weiß Generale, erwiderte der Commandante, stand auf und verließ das Büro.

Im Gefängnis

Spezialagentin Raffaella Bracale von Interpol Italien schaute sich in der Zelle um. „Also, ich sehe keine Ausbruchsspuren Patty. „Nicht ein Kratzer an der Tür". „Da hast du wohl recht, die Tür ist sauber, wurde sogar vor kurzem erst mit einem starken Mittel gereinigt, wie der Rest der Zelle auch. Man riecht es sogar noch".
„Der Gefängnisdirektor hatte uns doch gesagt, dass man nichts in der Zelle verändert hat, Patty". Ein Nicken war die Antwort. Spezialagentin Patty Lomes klopfte die Zellenwände ab und stutzte.
„Raffaella, komm mal bitte her, hier stimmt was nicht". „Hast du was entdeckt? Fragte die

Füchsin". „Ja, das klingt hohl. Da hat man
sich wohl am Mauerwerk zu schaffen gemacht".
Die Yorkshire Terrier Hündin trat gegen die Wand.
Im nächsten Moment fiel eine Holzplatte nach
innen und gab ein Loch frei, in dem Licht brannte.
Die beiden betraten das Loch, das etwa drei
Meter groß war und an dessen Ende eine
Leiche lag. „Ich werde dann mal den Direktor
Informieren, mal schauen, was er dazu sagt".
„Raffaella, ruf bitte zuerst den Generale an, bevor
du mit dem Direktor sprichst. Sicher ist sicher, wir
wissen nicht, wem wir hier trauen können.
Ich werde in der Zwischenzeit die Leiche und den
Fundort untersuchen, vielleicht entdecke ich ja
etwas, das uns nützlich ist". Die Füchsin nickte
und verließ die Zelle. Patty Lomes schaute sich
zuerst den Toten an. Den hat man aber übel
zugerichtet, dachte die Spezialagentin und hielt
inne. Mandelgeruch, hm. Sie holte eine Schachtel
mit Streichhölzer aus ihrer Jacketttasche und
entzündete eines. Sie schaute sich die Zunge an.
Der wurde vergiftet und nicht totgeschlagen.
Das kann nur bedeuten, dass man die wirkliche
Todesursache verschleiern wollte. Vom Gang her
näherten sich Schritt. Kurz darauf betraten die
Spezialagentin und der Gefängnisdirektor die

Zelle. Kennen sie den Toten? Fragte Patty Lomes neugierig. „Ja, das ist Tomaso Mare, er ist, er war der Oberaufseher. Aber was macht er hier, er hat doch Urlaub, wollte mit seiner Frau Wandern gehen. Oh nein, seine Frau Luisa, ich hoffe, sie ist noch am Leben". Dem Gefängnisdirektor wurde schlecht. Dem Stier sah man die Betroffenheit an. „Hatte er Kinder? „Ja, Spezialagentin Bracale. Sein Sohn Davide studiert Kunst in New York, Lara, seine Tochter lebt in London und studiert Archäologie. Lara ist mein Patenkind. Wie soll ich ihr sagen, dass Tomaso getötet wurde".

„Sie werden mit niemanden über diesen Mord sprechen, Gefängnisdirektor Farfalle, sie sind ab jetzt zur Geheimhaltung verpflichtet. Wir werden uns um alles kümmern". „Selbstverständlich, ich verstehe, Spezialagentin Bracale". „Könnten sie mir bitte die Adresse geben, damit wir uns dort umschauen können". „Ich schreibe sie ihnen gerne auf, Spezialagentin Lomes". Patty Lomes bedankte sich. Der Gefängnisdirektor verließ die Zelle. „Der Spezialeinsatztrupp müsste bald hier Eintreffen, Patty. Sobald die da sind fahren wir mal zum Haus der Familie Mare". „Ich habe wenig Hoffnung, dass seine Frau noch lebt, Raffaella". „Geht mir genauso Patty".

„Ein 3 Meter großes, beleuchtetes Loch in einer Hochsicherheitszelle, in der der Leichnam des Oberaufsehers liegt und keinerlei Spuren eines Ausbruchs. Das kann nur bedeuten, dass Mauro Reale mehrere Helfer hatte". „Sehe ich genauso Patty. Der ist mit Sicherheit Seelenruhig durch das Gefängnistor spaziert und keiner hat es bemerkt". Der Spezialtrupp betrat die Zelle. Das ist ab jetzt dein Bereich Ricardo, wir werden uns dann mal verabschieden, sagte Spezialagentin Bracale. Der Schäferhund nickte und kurz darauf verließen die Spezialagentinnen das Gefängnis.

Rapport

Spaghetto wurde in den fast dunklen Raum geführt. Hinter einem dunkelrotem schweren Vorhang saß der Chef, dessen Namen niemand kannte und den kein Tier je zu Gesicht bekam. Hast du die Aufzeichnungen Spaghetto, fragte eine dunkle, Angsteinflößende Stimme. Nein, erwiderte Spaghetto kleinlaut. „Meine Leute wurden überwältigt und sitzen im Gefängnis". „Was, wie konnte das passieren. Ich dachte, du hast deine besten Tiere auf die Beschaffung der Aufzeichnungen angesetzt"?

„Ja, habe ich auch. Soviel ich weiß, sind sie einer Überzahl erlegen, die das Überraschungsmoment auf ihrer Seite hatte". „Du weißt, das Versagen mit dem Tod bestraft wird Spaghetto"? Ja, erwiderte der weiße Kater und zitterte am ganzen Körper. Spaghetto hatte Angst und bereute es zutiefst, dass er sich mit dieser Organisation eingelassen hatte. Dieser Fehler würde ihn jetzt das Leben kosten. „Spaghetto, ich werde dich noch einmal verschonen, denn du hast bis jetzt gute Arbeit geleistet. Nutze deine Chance, eine zweite werde ich dir nicht zugestehen. Gehe jetzt und warte auf neue Instruktionen". Spaghetto verließ den Raum und atmete tief durch. Der weiße Kater wusste, dass man ihn und seine Bande noch brauchte. Er hatte Beziehungen, die er über Jahre aufgebaut hatte und die diese Organisation benötigte um ihre Ziele zu verwirklichen. Was aber geschehen wird, wenn man ihn nicht mehr braucht, konnte er sich in Gedanken ausmalen. Ein Rottweiler, der ganz in schwarz gekleidet war, kam auf ihn zu und gab ihm einen tiefroten Briefumschlag. „Das sind deine neuen Instruktionen. Lese sie am besten sofort". Spaghetto nickte zitternd und öffnete den Umschlag. Er begann zu lesen. Komm bitte mit unseren Gästen und deinen Leuten unverzüglich

zum Luftschiffhafen, Halle 47, dort wirst du dann neue Befehle erhalten. Spaghetto fuhr sich mit der rechten Hand über seinen weißen Kopf.
Er hasste Pläne, die er nicht selbst entworfen hatte, denn man wusste nie, was alles auf einen zukommt.

Hausdurchsuchung

Spezialagentin Bracale parkte das Automobil vor dem Haus der Familie Mare. Mal schauen, was uns erwartet Raffaella, sagte Patty Lomes und stieg aus. Kurz darauf standen die beiden vor der Haustür und läuteten. „Scheint wohl niemand da zu sein, Patty". Dann lassen wir uns selbst rein Raffaella, meinte Patty Lomes, holte ein Stück Draht aus ihrer Jackettasche und machte sich am Türschloss zu schaffen. Eine Minute später war die Tür offen und die beiden betraten das Haus. Sie durchsuchten Raum für Raum. „Alles sauber Patty, scheint seit längerem niemand im Haus gewesen zu sein". „Ja Raffaella, zu aufgeräumt, wenn du mich fragst. Da will wohl jemand den Eindruck vermitteln, dass alles in Ordnung ist". Auf einem Wandregal entdeckte Patty Lomes ein Foto und schaute es sich näher an.

„Raffaella, schau mal, das ist doch Vanessa, die neben der Tochter von Tomaso Mare steht".
„Ja, das ist meine Schwester Vanessa, das ist seltsam Patty. Wäre möglich, dass die sich vom Studium her kennen, Patty. Ich denke, ich ruf mal bei ihr in London an". „Mach das und ich schau mich mal etwas genauer um und im Keller fange ich an". Ein nervöses Nicken war die Antwort. Spezialagentin Bracale versuchte vergebens, ihre Schwester in London zu erreichen. Sie war weder Zuhause noch in der Universität. Im Sekretariat sagte man ihr, dass ihre Schwester sich kurzfristig telefonisch wegen eines Trauerfalls abgemeldet hatte. Bei Lara Mare war es ähnlich. Sie meldete sich wegen eines Familiären Krankheitsfalls auch nur telefonisch ab. Ein Trauerfall, das müsste ich doch wissen, dachte die Spezialagentin und nahm den Telefonhörer erneut in die Hand, wählte die Nummer ihrer Schwester Rosalba und wartete. Kurz darauf vernahm sie ein knappes ja, hallo, am anderen Ende der Leitung. „Hallo Rosalba, ich bin's. Du sag mal, ist Vanessa bei euch? „Nein, wir versuchen sie schon seit gestern zu erreichen und machen uns große Sorgen, denn das schaut ihr nicht ähnlich, wenn du mich fragst. „Sehe ich genauso Rosalba. „Was machen wir jetzt?

„Ich weiß es nicht, lasse mir aber was einfallen.
„Du Raffaella, Francesca und ich wollen heute eh
nach London fliegen, dann schauen wir gleich mal
nach ihr". „Nein Rosalba, ihr bleibt zuhause, fliegt
auf gar keinen Fall nach London". „Warum nicht"?
„Kann ich dir im Moment nicht sagen Rosalba".
„Du verschweigst mir doch was Schwesterherz".
„Ich muss leider auflegen Rosalba. Versprich mir
bitte, dass ihr nicht nach London fliegt".
„Ich denke, da wir schon gebucht und gepackt
haben, werden wir morgen früh in London landen
und uns die Stadt mal anschauen, dort gib es ja,
einige großartige Boutiquen und wir brauchen
dringend neue Kleidung". „Ihr wart doch vor zwei
Wochen erst in Mailand zum Shoppen". „Ich muss
leider auflegen Raffaella, bis bald". Kurz darauf
machte es klick und ein Tuten war zu hören.
Auch das noch, dachte die Spezialagentin und
schüttelte den Kopf. Sie ging in den Keller und rief
nach Patty Lomes. „Hier Raffaella, das musst du
dir anschauen". Patty Lomes stand vor einem drei
Meter großem Loch, in dem eine Leiche lag.
„Ist das die Frau von Tomaso Mare, Patty"?
„Nein Raffaella, das ist der Anwalt von Mauro
Reale. Er wurde auch zuerst geschlagen und dann
Vergiftet. Dem Geruch nach war es das gleiche

Gift wie beim Oberaufseher. Hast du, was wegen deiner Schwester erreicht, Raffaella".

„Die ist nicht auffindbar und als wäre das nicht schon genug, machen sich meine Schwestern auf den Weg nach London. Offiziell wollen sie nur ein wenig Shoppen gehen, in Wirklichkeit suchen sie nach Vanessa und das ist nicht gut. Die bringen sich noch in große Schwierigkeiten Patty, so viel ist sicher". „Da hast du wohl recht Raffaella. Wie ich deine Schwestern kenne, geben die so lange keine Ruhe, bis sie Vanessa gefunden haben oder Mauro Reale in die Arme laufen". Ein nicken war die Antwort. „Patty, ich werde mal mit dem Generale telefonieren und ihm sagen, dass wir uns nach London aufmachen". „Mach das, ich schaue mir die Leiche mal etwas genauer an".

Besprechung bei Scotland Yard

Nachdem sich alle wieder in Sir Mortimers Büro eingefunden hatten und sich ausgetauscht hatten beriet man über das weitere Vorgehen. Terry Lomes stopfte Honigtabak in seine neue Pfeife und entzündete ihn mit einem Streichholz. „Miss Leika, sie sagten, dass die Leichen von den Spezialagenten Burke und Fallon zuerst gefoltert

und dann vergiftet wurden". „Ja, Mister Lomes und das deutet darauf hin, dass Mauro Reale sich in London aufhält". Aber der ist doch in einem Hochsicherheitsgefängnis in Italien, wand Doktor Watts ein. Sir Mortimer räusperte sich. „Ich habe einen Anruf von Generale Raviolo erhalten, der mir in diesem Gespräch mitteilte, das sich Mauro Reale auf der Flucht befindet". Wie konnte das denn passieren, fragte der Doktor konsterniert. „Das konnte mir der Generale auch nicht sagen, der wirkte genauso überrascht wie wir, Doktor". Wer ist mit diesem Fall betraut worden, wollte Terry Lomes wissen. „Commandante Muscogiuri Spezialagentin Bracale und ihre Tochter Patty sind mit diesem Fall betraut worden, Mister Lomes". Der Commandante wird heute Abend in London eintreffen, Patty und Spezialagentin Bracale sind auf dem Weg zum Luftschiffhafen und sollten wohl morgen früh landen. Nun stellt sich für mich die Frage Mister Lomes, wie wir vorgehen, was Priorität hat, denn es sind ja zwei voneinander unabhängige Fälle. „Sir Mortimer, wir werden uns um die Befreiung der Entführten kümmern.
Ich denke, der andere Fall ist in guten Händen, die benötigen unsere Hilfe nicht". Sehe ich genauso und habe das auch dem Generale so mitgeteilt.

Gut, dann wäre das geklärt, meinte Terry Lomes und schaute in die Runde. Der General sah ihn nervös an. „Mister Lomes, wir haben noch keine Spur von Prinz Ahmad gefunden, das ist bestimmt kein gutes Zeichen. Wenn wir bloß einen kleinen Anhaltspunkt hätten, der uns ein wenig Hoffnung macht, dem wir nachgehen könnten. Mich macht das Wahnsinnig, ehrlich". „Wir haben sehr wohl Anhaltspunkte General und mit denen werden wir uns beschäftigen". „Wirklich Mister Lomes". „Ja General, wir haben die Aufzeichnungen der Professoren über Antabar". „Wie können die uns weiterhelfen, Mister Lomes"? „Na ja General, sie werden uns den zukünftigen Aufenthaltsort der Entführten mitteilen". „Lomes, was soll denn das bedeuten, der zukünftige Aufenthaltsort, geht es auch etwas weniger Rätselhaft"? Terry Lomes lehnte sich zurück. „Das ist nicht Rätselhaft Watts. Ich denke, man bringt die Entführten sicherlich nach Antabar, um dort nach dem Todeslabyrinth zu suchen". „Das ist doch bloß ein Mythos Lomes, wir werden doch keinem Mythos nachjagen, dass wäre reine Zeitverschwendung". „Watts, was wir denken, ist in diesem Falle zweitrangig. Für die Entführer ist das Todeslabyrinth existent und das ist maßgebend, wenn wir ihnen folgen wollen.

„Wenn das Todeslabyrinth tatsächlich existiert und davon gehe ich aus, sollten wir spätestens Morgen aufbrechen". „Ich nehme an, wir werden die Nacht mit Notizenstudium verbringen, Mister Lomes"? „Ich fürchte, da haben sie recht, Miss Leika". „Wollen wir gleich damit beginnen, Mister Lomes". „Nein, Miss Leika, wir werden zuerst mal gemeinsam Speisen und uns dann um die Notizen kümmern. Vorher sollten wir uns umziehen, denn so schmutzig dürfen wir mit Sicherheit kein gutes Restaurant betreten". Wo sie recht haben, haben sie recht, Lomes, erwiderte der Doktor und sah sich seine schmutzige, nasse Kleidung an.

„Sir Mortimer, würden sie dem Commandante eine Nachricht hinterlassen, wo er uns antreffen kann. Ich würde sagen, wir treffen uns dann im Prince of Wales, wenn es recht ist". Ein freudiges Nicken war die Antwort. „Miss Kupernikus, wenn es ihnen nichts ausmacht, sind sie unser Gast, bis wir Professor Rütli befreit haben". „Danke, gerne, das ist sehr großzügig von ihnen Mister Lomes". „Das ist selbstverständlich, Miss Kupernikus". „Mister Lomes, seien sie bitte ehrlich zu mir. Wie groß ist die Chance, dass wir den Professor lebend finden und ihn befreien können". „Meiner Meinung nach wird es uns gelingen, aber genau kann das niemand wissen, denn niemand von uns kann die Zukunft voraussehen, da spielen Dinge eine Rolle, die wir noch gar nicht kennen. Aber, wie ich schon sagte, ich bin der Meinung, es wird uns gelingen, Miss Kupernikus". Danke Mister Lomes, erwiderte Agathe Kupernikus und man verließ gemeinsam das Büro von Sir Mortimer.

Gespräche im Botschaftsgebäude

„Miss Panther, ich hätte sie gerne noch kurz unter vier Augen gesprochen, wenn das möglich wäre". „Selbstverständlich General Olligator, wir gehen am besten in mein Zimmer, da sind wir ungestört. Wenn sie mir bitte folgen würden". Der General nickte nachdenklich und folgte ihr wortlos.
Kurz darauf betraten die beiden das Zimmer von Miss Panther und schlossen die Tür hinter sich.
„Was bedrückt sie, General Olligator"?
„Miss Panther, wir haben einen Verräter in den eigenen Reihen". „Was? Wie kommen sie denn zu dieser Erkenntnis". „Da die Rezeptur des Serums nur einem sehr kleinen Kreis bekannt ist, hat sie jemand, der zu diesem Kreis gehört, an eine nicht autorisierte Person weitergegeben und das, Miss Panther, nenne ich Verrat".

52

„Ja, da haben sie wohl recht General, aber ich möchte nicht an einen Verräter glauben, es gibt hoffentlich eine andere Erklärung dafür".
„Das wäre schön, Miss Panther, leider fällt mir im Moment keine andere ein. Man muss sich mal vorstellen, ein Verräter in den eigenen Reihen, das würde mein Weltbild aufs Neue ins Wanken bringen. Ich hoffe, dass wir den Prinzen gesund und unversehrt aus den Klauen seiner Entführer befreien können". „Das hoffe ich auch General, lassen sie uns einfach positiv denken, dann wird es schon werden". Da sie haben wohl recht Miss Panther, erwiderte der General, stand auf, ging in sein Zimmer und zog sich um.

Kein angenehmes Erwachen

Professor Rütli erwachte langsam. Er versuchte langsam seine Augen zu öffnen, schloss sie aber sofort wieder, denn dass wenige Licht, das den Versuch unternahm die Räumlichkeit zu erhellen, verursachte höllische Kopfschmerzen. Ihm wurde Übel und er musste sich fast übergeben. Neben sich vernahm er ein Geräusch und eine Stimme drang an sein Ohr, eine Stimme, die er gut kannte. „Na, aufgewacht von den Toten, Professor Rütli".

Die Kopfschmerzen dauern schätzungsweise noch fünf Minuten, mit der Übelkeit geht es etwas länger, zumindest war es bei mir so". „Professor, was machen sie in meinem Zimmer oder ich in ihrem, je nachdem wo wir uns im Augenblick befinden". „Verehrter Kollege, wir sind weder in meinem noch in Ihrem Zimmer. Wenn sie richtig zu sich gekommen sind, werden Sie sehen, dass wir angekettet sind und in einem dunklen, kalten Raum, auf dem Boden liegen". Wieso, fragte der Professor, immer noch leicht benommen. „Na, sie stellen vielleicht Fragen verehrter Kollege, ich bin doch keine Hellseherin, woher soll ich das Wissen, bin erst kurz vor ihnen aufgewacht". Ein paar Minuten später war er in der Lage, seine Augen länger offenzuhalten und schaute sich langsam um. Außer Professor Brandy befanden sich noch zwei Personen im Raum, die, wie er selbst, angekettet waren. Die Person, die rechts neben ihm lag, erkannte er sofort. Was macht Sir Parzival hier, fragte er sich. Die zweite Person kannte er auch, wusste aber im Moment nicht woher. „Wer ist das neben Sir Parzival, Professor Brandy"? Das ist Prinz Ahmad, erwiderte die Professorin. „Ach ja, genau, wusste doch, dass ich ihn kenne.

Die Frage ist nur, was macht er hier, sollte er nicht in Afrika sein"? „Lieber Kollege, was der Prinz hier macht, weiß ich leider auch nicht, genauso wenig kann ich ihnen sagen, was wir hier machen. Was ich allerdings mit Sicherheit behaupten kann, ist, dass mein neues Kleid ruiniert ist, ich könnte laut Schreien, das lasse ich mir von den Entführern ersetzen, soviel ist sicher". Das mit ihrem Kleid tut mir ehrlich leid, war bestimmt eine Kostspielige Angelegenheit, meinte der Professor. Sie sagen es Professor Rütli, erwiderte die Professorin nervös, denn langsam bahnte sich die Angst einen Weg in ihr Bewusstsein. Am Stöhnen erkannten sie, dass ihre Mitgefangenen langsam zu sich kamen.

Erste Eindrücke

Commandante Muscogiuri verließ kurz nach der Landung den Luftschiffhafen von London, nahm sich ein Taxi und fuhr zum Hauptquartier von Scotland Yard. Was für eine Stadt dachte sie und schaute aus dem Fenster. Häuser zogen an ihr vorbei, hektisch eilten Tiere durch die Straßen, die meisten (einkaufsbeladen) waren wohl auf dem Weg nach Hause. Erinnerungen kamen in ihr hoch, sie ließ sie zu und schwelgte in ihnen.

Etwa dreißig Minuten später hielt das Taxi an und kurz darauf betrat der Commandante das Gebäude von Scotland Yard. Sie steuerte einen Aufzug an, fuhr in den letzten Stock und stand zwei Minuten später vor Sir Mortimers Tür, der gerade sein Büro verlassen wollte. „Hallo Commandante Muscogiuri, gut, dass sie schon da sind, wollte gerade gehen". „Ich hoffe, dass ich nicht ungelegen komme, Sir Mortimer". „Nein, nein, auf keinen Fall Commandante, habe sie nur etwas später erwartet. Ich habe eine Nachricht für sie hinterlassen, für den Fall der Fälle. Das hat sich hiermit erledigt". „Ich hoffe, sie haben keine dringenden Termine, Sir Mortimer"? „Aber nein, Mister Lomes wir erfreut sein, wenn ich sie gleich mitbringe, er hat heute Geburtstag und hat uns zum Essen eingeladen. Ach übrigens, sie werden, solange sie in London sind, bei Mister Lomes und Doktor Watts wohnen, wenn es ihnen recht ist". Das Angebot nehme ich dankend an, erwiderte der Commandante lächelnd. „Ich nehme an, sie möchten sich zuerst die Leichname anschauen". „Ja, Sir Mortimer und danach werde ich mit dem Generale telefonieren. Haben sie schon einen vorläufigen Befund, die Todesursache betreffend. Wenn nicht, werden wir auf morgen warten".

„Wir haben tatsächlich schon einen Befund, die Todesursache der Agenten Buck und Fallon betreffend, die anderen werden erst morgen früh untersucht". „Das heißt, sie haben noch mehr Leichen, die mit diesem Fall zu tun haben". „Ja Commandante Muscogiuri, wir haben noch mehr Tote zu beklagen, ob sie etwas mit ihrem Fall zu tun haben, wird sich noch herausstellen, wir behandeln es aber vorläufig als zwei Fälle, das erzähle ich ihnen aber auf dem Weg zu Doktor Augustus, er wartet schon auf sie".
Einige Minuten später betraten Sir Mortimer und Commandante Muscogiuri den Obduktionsraum, in dem die Leichname der beiden Agenten lagen. Doktor Augustus erwartete sie bereits. Das Pony schaute den Commandante neugierig an. „Guten Abend Commandante, ich denke, wir sollten uns nicht lange aufhalten und uns sofort in die Arbeit stürzen, wenn es ihnen recht ist". „Da kann ich ihnen nur zustimmen Doktor Augustus. Für mich ist es wichtig, ihre Fachliche Meinung zu hören, denn ihr Ruf eilt ihnen voraus. Der Doktor wurde verlegen. „Danke Commandante. Also, bei allen drei konnte ich kleine Einstiche feststellen, die meiner Meinung nach von Blasrohrpfeilen oder etwas ähnlichem stammen müssen. Das würde

bedeuten, dass man sie zuerst betäubt, danach
gefoltert und schließlich vergiftet hat. Der oder
die Täter gingen recht brutal zu Werke. Schauen
sie Commandante, die Körper sind übersät mit
Beulen, na ja, sie sehen ja selbst, was ich ihnen
sagen will". Commandante Muscogiuri beugte
sich über den Leichnam von Agent Buck. „Hätten
sie vielleicht eine Lupe für mich Doktor Augustus,
das wäre sehr nett von ihnen". Selbstverständlich,
erwiderte der Doktor und reichte ihr eine Lupe.
Der Boxerhund hatte nicht nur Beulen, sondern
auch den einen oder anderen Bruch. Bei Agent
Fallon war es das gleiche, dem Hirsch wurde übel
mitgespielt. „Sie haben sicherlich die Brüche der
Finger und der Unterarme bemerkt, die stammen
eher nicht von der Folter, die Ursache hierfür,
dass muss ich leider zugeben, konnte ich in der
Kürze der Zeit nicht abschließend beantworten".
„Doktor Augustus, diese Brüche stammen von
einem Gift, das Professor Piermont vor etwa vier
Wochen zufällig entdeckte. Er versucht seither,
die genaue Zusammensetzung dieses Giftes und
damit einhergehend ein Gegengift zu finden, was
bisher zum Scheitern verurteilt war. Was er aber
herausfand, ist die Wirkungsweise und die ist,
dass muss ich zugeben, neu und erschreckend.

Man träufelt einen Tropfen dieses Giftes auf die Haut, dann bilden sich zuerst sehr schmerzhafte Beulen, die dann langsam zu Knochenbrüchen führen. Der Tod tritt dann Stunden später durch Herzversagen ein". „Commandante, ich nehme an dass das Herzversagen auch durch dieses Gift ausgelöst wird". „Ja, Doktor Augustus. Es bahnt sich sehr langsam seinen Weg zum Herzen und das bedeutet schlussendlich einen Qualvollen Tod. So etwas wünscht man seinem ärgsten Feind nicht". „Commandante, ich werde gleich morgen früh mit dem Professor telefonieren, vielleicht kann ich ihm ja behilflich sein". „Wo befindet sich der dritte Leichnam, Doktor Augustus"? Im Raum nebenan antwortete der Doktor und ging voran. Als der Commandante die Leiche sah, erschrak er, fasste sich aber sofort wieder. „Auch das noch". „Ich nehme an, sie kennen die Tote". „Das ist, das war, Spezialagentin Paola Nannini. Die Frage, die sich mir stellt ist, was macht sie in London, denn eigentlich sollte sie in Mailand sein und einen Fall bearbeiten. Es war ihr erster eigenständiger Fall, sie hatte erst ihre Ausbildung abgeschlossen, war die, mit Abstand, beste ihres Jahrgangs". Der Commandante schaute sich den Leichnam an. „Die gleiche Vorgehensweise, den gleichen

Qualen ausgesetzt. Ich frage mich, was man von ihr wollte, wie sie hierherkam, das ergibt im Moment keinen Sinn. Sir Mortimer, ich muss sofort mit dem Generale telefonieren, ich fürchte wir benötigen Verstärkung".

Gutes Essen und Denkanstöße

Doktor Watts hielt die Speisekarte in der Hand und konnte sich nicht entscheiden. „Die machen es einem aber auch schwer Lomes. Die Auswahl ist ja einzigartig in London. Ich denke, ich werde mich mal der Broccoli- Blumenkohl-Creme-Suppe annehmen. Das Ofengemüse hört sich lecker an, danach vielleicht eine Quiche Lorrain oder doch lieber die Lauch-Tarte, obwohl, der Flammkuchen würde mir auch munden, Zwiebelkuchen haben die auch auf der Karte, den habe ich ja ewig nicht mehr gegessen. Wissen sie was Lomes, ich werde der Einfachheit halber die Quiche Lorrain und den Zwiebelkuchen nehmen und zum Nachtisch darf ein Eclair nicht fehlen, zum Eclair noch ein Stück Rhabarberkuchen mit Baiser. Lomes, Essen ist Kultur und Kultur will gepflegt werden".
„Wo sie recht haben, haben sie wohl recht, dass muss ich schon zugeben, Watts. Ich werde mich

ihrer Auswahl anschließen, denn die entspricht auch meinen Vorstellungen". Sir Mortimer und der Commandante betraten das Lokal. Ein Ober in blau-gelber Dienstuniform kam auf sie zu. „Wir möchten zu Mister Lomes bitte". Sehr wohl Sir Mortimer, wenn sie mir bitte folgen würden, erwiderte der Rehbock und führte die beiden in einen Nebenraum, den Terry Lomes vorbestellt hatte, um in Ruhe mit seinen Gästen plaudern zu können." „Commandante Muscogiuri, schön dass sie gekommen sind. Es ist eine kleine Ewigkeit her, als wir uns das letzte Mal sahen". „Da haben sie wohl recht, Mister Lomes. Das war vor etwa zwei Jahren, als wir Mauro Reale in Rom festnehmen konnten". Terry Lomes nickte nachdenklich. „Commandante, lassen sie uns die nächsten drei Stunden in geselliger Runde miteinander verbringen. Wir werden später noch genügend Zeit finden, um uns auszutauschen. Miss Leika hat ihnen einen Stuhl neben sich und Miss Panther reserviert". „Das ist schön Mister Lomes, ich freue mich schon sehr, Miss Leika wiederzusehen". Zehn Minuten später wurden die Suppen serviert und Doktor Watts strahlte übers ganze Gesicht. Die Damen unterhielten sich angeregt über die neusten Modetrends in Italien. „Meine Damen, es ist schön, wieder einmal über Mode zu reden, das ist etwas, was mir zuweilen fehlt". „Da gebe ich ihnen recht Miss Leika. Das ist bei uns in Afrika nicht anders. Man trifft selten jemanden, mit dem man sich über Mode unterhalten kann. Der General und seine Olligatoren, auch die Weiblichen, haben leider keinen Sinn für Mode". „Da habe ich Glück. Meine Schwester Madeleine entwirft selbst Kleidung, sie hat ein Gespür für neue Modetrends. Wir telefonieren so oft es geht miteinander. Ganz ehrlich Miss Leika, ich habe den Kleiderschrank voll mit schöner Kleidung, finde aber kaum einen Anlass, um sie zu tragen". „Der Beruf Commandante geht vor und der ist sehr vereinnahmend, das gehört nun mal zur Wahrheit dazu". Miss Leika konnte den Worten von Miss Panther nur nickend beipflichten. Die Stunden vergingen wie im Flug. Das Essen war köstlich und lenkte den General tatsächlich von der Sorge um den Prinzen ab. Terry Lomes verstand es meisterlich, die Gespräche mit dem General so zu führen, dass dieser auf andere Gedanken kam. Inspektor Reinhard brummte sein Kopf nur noch leicht und er musste immer wieder an seine toten Kollegen denken, was ihn aber nicht davon abhielt, das Essen zu genießen.

Nachdem der Doktor den Rhabarberkuchen verspeist hatte, widmete er sich dem Eclair. „Lomes, das war ein gelungener Abend, den sollten wir auf jeden Fall mit einem Tässchen Earl Grey und einer gepflegten Pfeife abrunden. Ich nehme an, das sehen sie genauso? „Diese Frage, mein lieber Watts, kann ich nur mit ja Beantworten". „Mister Lomes, wie wäre es, wenn wir in den Wintergarten gehen und noch ein bisschen die Seele baumeln lassen. Wer weiß, wann wir wieder die Gelegenheit bekommen, in dieser illustren Runde zusammenkommen zu dürfen". „Da haben sie vollkommen recht Miss Leika". Terry Lomes winkte den Ober zu sich. „Alfons, wir würden zum Abschluss noch eine Tasse Earl Grey genießen. Wenn sie ihn bitte in den Wintergarten bringen würden, wäre ich ihnen sehr dankbar". „Selbstverständlich Mister Lomes. Ich werde ihn, wie immer, vier Minuten ziehen lassen, wenn es recht ist". Danke Alfons, erwiderte Terry Lomes und folgte den anderen in den Wintergarten. Er schaute sich um. Pflanzen von verschiedenen Kontinenten fanden hier eine neue Heimat. Der Duft der Exotischen Pflanzen und ihre Farbvielfalt luden zum Verweilen ein. Hier konnte man seine Gedanken wieder ordnen.

Terry Lomes stopfte sich seine neue Pfeife und setzte sich neben Doktor Watts. Gemeinsam entzündeten sie den Tabak in ihren Pfeifen und lehnten sich zurück. Die blau- gelben Sessel, die weich und warm waren, verleiteten den Doktor dazu, für einen kurzen Moment die Augen zu schließen. Alfons kam und brachte den Tee. Er nahm je eine Tasse Tee vom Servierwagen und stellte sie auf den braunen Beistelltisch der sich neben jedem Sessel befand. Der frische Duft des Bergamotte Öls weckte die Lebensgeister von Doktor Watts. Terry Lomes schaute dem Rauch seiner Pfeife nach. Er ließ seinen Gedanken freien Lauf. Warum wurde Prinz Ahmad entführt? Wenn man die Professoren hat, die offensichtlich das Todeslabyrinth von Antabar entdeckt haben, braucht man ihn nicht. Gut, mit dem Prinzen als dritten Fachmann für das Todeslabyrinth steigen die Chancen, sich in diesem Labyrinth nicht zu verirren und den Sagenumwobenen Schatz zu finden. Will man vielleicht den General in eine Falle locken? Andererseits hätte man ihn schon Töten können, als er Bewusstlos war. Was hat der Gefängnisausbruch von Mauro Reale mit diesem Fall zu tun? Hängen beide Fälle zusammen? Wenn ja, dann, wie? Gibt es Gemeinsamkeiten?

Eine Gemeinsamkeit gibt es vielleicht. Alle, die an der Verhaftung von Mauro Reale beteiligt waren, werden spätestens Morgen Vormittag in London sein. Terry Lomes nahm seine Tasse Earl Grey, tat zwei Löffel braunen Kandiszucker in die Tasse und rührte um. Er schaute zu Doktor Watts, der seine Pfeife in den Aschenbecher gelegt hatte und ein kleines Verdauungsschläfchen machte. Agathe Kupernikus blühte langsam auf. Sie unterhielt sich angeregt mit Inspektor Reinhard, Sir Mortimer und General Olligator. Miss Leika schlenderte mit dem Commandante und Miss Panther durch den Wintergarten, sie nippten ab und zu mal an ihrer Tasse Earl Grey, die sie in ihren Händen trugen. Schöne Momente wie diese, sind Erinnerungen die für die Ewigkeit gemacht sind, dachte Terry Lomes und lächelte dabei. Etwa dreißig Minuten später bezahlte Terry Lomes und gab Alfons ein großzügiges Trinkgeld, das der Rehbock lächelnd, mit einem Dankeschön, entgegennahm. Kurz darauf verließ man das Lokal.

Eine lange Nacht

Spezialagentin Brigitte Bernadoni öffnete ihre Augen und schloss sie gleich wieder. Der Raum in dem sie sich befand, wurde von zwei Glühbirnen nur unzureichend beleuchtet. Die Wölfin wollte aufstehen, konnte aber nicht. Durch die heftigen Kopfschmerzen wurde es ihr übel. Die Tür ging auf und kurz darauf wurde es Taghell. Ah, sie sind endlich aufgewacht, sagte eine Stimme. Wenn sie in der Lage sind, dürfen sie ihre Augen öffnen, wenn dem nicht so ist, warten wir noch einen Moment. Die Spezialagentin öffnete ihre Augen und zwang sich, sie offenzuhalten. Der Schmerz ließ nach und die Übelkeit verschwand. „Zuerst werden sie bitte meine Fragen beantworten, dann und nur dann werde ich ihre beantworten. Haben sie das so weit verstanden. Die Wölfin nickte kurz. Sie sind Spezialagentin Brigitte Bernadoni und Arbeiten für Interpol Frankreich. „Nicht ganz. Da ich Französin bin, heißt das Brischid und nicht Brigitte, der Rest ist so weit richtig". „Wenn sie darauf bestehen, dann Brischid. Was machen sie in London. „Ich ermittle in einem Mordfall". „Hier in London? „Wie man sieht, hat mich der Fall nach London geführt". „Ich nehme an, sie ermitteln im Fall des französischen Politikers Yves Montan? Die Spezialagentin nickte kurz. Sie schaute die Vermummten Gestalten an.

„Gehe ich richtig in der Annahme, dass sie eine Verbindung zwischen dem Mord an Yves Montan und den Morden an Daniele Tutti in Rom und Jim Landon hier in London gefunden haben? Wieder war ein kurzes nicken die Antwort. Welche, wenn ich fragen darf"? „Die Todesursache, denn die hat für einiges Aufsehen gesorgt, aber das war wohl von ihnen so geplant". „Richtig meine liebe Brischid, das gehört alles zum Plan. So und nun dürfen sie ihre Fragen stellen". Die Wölfin atmete kurz durch. „Wer sind sie". Die Tür wurde geöffnet und ein vermummter betrat den Raum. Er gab dem Fragensteller einen Zettel und verließ den Raum wieder. Nachdem er die Nachricht gelesen hatte, zog er seine Kapuze vom Kopf. „Sie dürfen mich Doktor Mord nennen, sagte der Hirsch und grinste dabei diabolisch. Meine liebe Brischid, ich muss mich leider von ihnen verabschieden und möchte mich bei ihnen für ihre Kooperation bedanken". „Was passiert jetzt mit mir. Ich nehme an, dass sie mich nicht laufenlassen, werden". „Richtig, laufen lassen werden wir sie sicherlich nicht. Sie werden jetzt erfahren, wie die Politiker gestorben sind, aber das ahnten sie ja schon am Anfang unseres Gespräches". „Ja, ihre Stimme verriet mir, dass sie die Antwort kannten.

Also dachte ich mir, dass es besser ist, ihnen das zu sagen, was sie sowieso schon wissen". Doktor Mord lachte. Meine liebe, selbst wenn sie das eine oder andere Geheimnis in sich tragen, werden sie es für sich behalten müssen und mit in ihr Grab nehmen". Ich nehme an, sie werden mich jetzt zu Tode Foltern, Doktor Mord"? „Aber nein meine liebe, das übernimmt ein Gift, das ich vor ein paar Monaten entwickelt habe". Einer der Vermummten holte das Gift, das sich in einem weißen Schrank befand, der links neben der Tür stand und gab es Doktor Mord. Zwei Tropfen sollten genügen, sagte er an die beiden Vermummten gerichtet. „Ihr wartet, bis sie Ohnmächtig geworden ist, dann bringt ihr sie fort". Wieder in die Pension? Fragte einer der Vermummten. „Nein, nein, auf dem Weg zum Luftschiffhafen haltet ihr irgendwo kurz an und schmeißt sie raus. Beeilt euch aber, denn wir haben nicht mehr viel Zeit". Doktor Mord nahm das Fläschchen und schraubte den Deckel runter. Ein Vermummter krempelte den rechten Ärmel der weißen Bluse hoch. Die Spezialagentin hielt Still, da sie an Armen und Beinen auf der Liege mit Gurten festgeschnallt war. Sie versuchte, ihre Kraft zu sparen, denn sie wollte überleben.

„Die anderen waren nicht so beherrscht wie sie, das imponiert mir, wirklich. Sie wären mit Sicherheit ein ausgezeichneter Mitarbeiter, aber das steht leider nicht zur Debatte". Doktor Mord träufelte zwei Tropfen des Giftes auf den Arm der Spezialagentin. „Ich werde sie finden und sie werden sich für das Verantworten was sie verbrochen haben, das verspreche ich ihnen hiermit". Im nächsten Moment kam der Schmerz und sie begann zu schreien. Doktor Mord verließ den Raum. Etwa zehn Minuten später fiel die Spezialagentin in Ohnmacht. Die Vermummten warteten noch fünf Minuten, dann trugen sie die Spezialagentin zur Garage und legten den Bewusstlosen Körper auf die Rückbank ihres Automobils. Kurz darauf fuhren sie los. „Wo laden wir sie ab, Tom? „Ich denke, der Parkplatz vom Prince of Wales, der liegt auf dem Weg und da ist um diese Zeit nicht viel los. Der Boss sagte ja, wir sollen sie auf dem Weg zum Luftschiffhafen loswerden und das ist auf dem Weg. Bis die dort jemand findet, ist die längst Tod, Andy und wenn sie doch jemand lebend findet, macht das auch nichts, denn sie stirbt auf jeden Fall". „So machen wir es Tom. Du bleibst im Automobil und ich erledige den Rest".

Von der Rückbank hörten sie ein leises Stöhnen. „Sie wacht wohl wieder auf, Andy". „Scheint so, wird aber nicht lange der Fall sein, Tom". „Ich bin gespannt, ob es das Todeslabyrinth von Antabar tatsächlich gibt, oder ob es doch nur ein Mythos ist, Andy". „Das werden wir bald sehen, Tom". Etwa fünf Minuten später sahen sie den Parkplatz vom Prince of Wales und Tom fuhr das Automobil in den vorderen Bereich des Parkplatzes, der von einer Hecke eingerahmt war. Andy stieg aus und zerrte die Spezialagentin aus dem Wagen, legte sie unsanft auf den Boden. Andy schaute sich um. Die Tür des Lokals wurde geöffnet und er sah von weitem Sir Mortimer und Inspektor Reinhard. Er sprang in den Wagen. „Fahr los Tom, ich habe Inspektor Reinhard und Sir Mortimer aus dem Lokal kommen sehen". Kurz darauf verließen sie mit Vollgas den Parkplatz. Da hat es aber jemand eilig meinte Terry Lomes, der gerade ins Freie trat und sich umschaute. Ein ungutes Gefühl kam in ihm hoch. Er lief in die Richtung in der der Wagen vorher stand. Terry Lomes vernahm ein Wimmern und beschleunigte seine Schritte. Er erreichte die Hecke und sah eine Gestalt auf dem Boden liegen und rief nach Doktor Watts, der mittlerweile das Lokal verlassen hatte. Kurz darauf stand er neben

Terry Lomes und beugte sich über den Körper der mittlerweile schreienden Spezialagentin. Der Doktor redete beruhigend auf sie ein und drehte sie auf den Rücken. Die Schreie endeten abrupt. „Ist sie Tod, Watts"? „Nein Lomes, sie atmet noch, scheint durch die Schmerzen wohl bewusstlos geworden zu sein". Der Doktor sah sich ihre Hand an. Er zog sich seine Lupenbrille auf und entzündete ein Streichholz. „Lomes, so etwas habe ich auch noch nicht gesehen. Sehen sie sich das mal an". Terry Lomes beugte sich über den bewusstlosen Körper und schaute sich den Arm durch seine Lupenbrille an. „Das ist in der Tat eigenartig Watts. Der Kleidung nach zu urteilen, könnte sie eine Spezialagentin sein. Was meinen sie Watts"? „Da gebe ich ihnen recht Lomes". „Commandante Muscogiuri, könnte es sein, dass das eine Kollegin von ihnen ist"? Der Commandante erschrak, als er sie erkannte. „Oh nein, Brischid, was haben sie dir angetan. Das ist Spezialagentin Brischid Bernadoni von Interpol Frankreich, Mister Lomes. Ich habe ein paar Mal mit ihr zusammengearbeitet". „Schauen sie sich bitte mal den Arm an, Commandante, vielleicht haben sie so etwas schon mal gesehen. Der Commandante entzündete ein Streichholz.

„Mister Lomes, das ist ein neuartiges Gift, das zum Tode führt. Es tauchte vor einiger Zeit in Italien auf. Professor Piermont konnte bisher nur etwas über die Wirkungsweise herausfinden und die ist tödlich, das Gift wandert langsam zum Herz und verursacht auf dem Weg dorthin große Schmerzen durch Knochenbrüche". Sir Mortimer Schaute entsetzt. „Ich nehme an, sie wird daran Sterben, Commandante"? „Wenn kein Wunder geschieht Sir Mortimer, leider ja". „Legen sie Sie in den Wagen Lomes, ich besorge Eis um den Arm abzukühlen, unter Umständen können wir das Gift etwas verlangsamen". Der Doktor rannte, gefolgt von Sir Mortimer ins Lokal zurück. Fünf ewig lange Minuten später waren sie mit vier Eimern voller Eiswürfeln zurück. Miss Leika startete das Automobil. Der Doktor war kaum im Wagen, als Miss Leika losfuhr. Sie missachtete jede rote Ampel und entging nur knapp einem Unfall, was aber an ihren Fahrkünsten lag. Sie war jederzeit Herr der Lage. Agathe Kupernikus hatte Todesängste. „Keine Angst meine liebe, ich weiß, was ich mache. Ich bringe uns heil nach Hause". Miss Leika beschleunigte wieder und ein paar Minuten später fuhr sie die Einfahrt hoch und bremste abrupt. Während Terry Lomes und der Doktor die Spezialagentin ins Haus trugen, füllte Miss Leika kaltes Wasser in eine Badewanne und schüttet den Rest der Eiswürfel in die Wanne. Agathe Kupernikus suchte sich eine Toilette und musste sich übergeben. Das schöne Essen, dachte sie und verließ die Toilette. In der Zwischenzeit legte man den immer noch Bewusstlosen Körper der Spezialagentin in die Wanne. „Doktor Watts, wie stehen die Chancen, dass das Gift sie nicht töten wird"? „Im Moment schlecht Miss Leika, denn wir wissen nicht, mit welchem Gift wir es zu tun haben. Ich würde sagen, wir kühlen den Körper so weit wie möglich runter und schauen wie das Gift auf Kälte reagiert. In der Zwischenzeit werde ich mir was überlegen". „Watts, wenn sie mich nicht brauchen, werde ich mich mal um die Aufzeichnungen der Professoren kümmern und unseren Gästen ihre Zimmer zeigen". „Soll ich uns noch ein Tässchen Tee zubereiten, Mister Lomes? „Das wäre nett von ihnen, Miss Leika, denn das wird wohl eine lange Nacht werden". Miss Leika nickte kurz und verließ mit Terry Lomes das Bad. Doktor Watts schaute sich den rechten Arm der Spezialagentin an. Das Gift scheint sich langsamer Auszubreiten, das ist ein gutes Zeichen, dachte er und setzte sich auf den weißen Stuhl, der neben der Wanne stand. Terry Lomes ging in den kleinen Salon, in dem sich der General angeregt mit Sir Mortimer und Inspektor Reinhard unterhielt. „Sir Mortimer, Miss Leika kocht gerade frischen Tee, wenn sie und der Inspektor eine Tasse mit uns trinken möchten, sind sie hiermit herzlich dazu eingeladen". „Vielen Dank Mister Lomes, was mich anbetrifft muss ich leider ablehnen. Es ist schon sehr spät und ich habe morgen früh ein paar wichtige Termine. „Leider kann ich auch nicht bleiben Mister Lomes, möchte mich aber nochmals für diesen schönen Abend bedanken". Wir sehen uns morgen, sagte Terry Lomes und brachte Sir Mortimer und den Inspektor zur Tür. Das kann ich ihnen nicht versprechen aber ich werde sie anrufen Mister Lomes, erwiderte Sir Mortimer. Agathe Kupernikus half Miss Leika in der Küche. Terry Lomes gähnte, zeigte dem Commandante, Miss Panther und dem General die Gästezimmer, danach ging er in sein Büro, holte die Aufzeichnungen und begab sich in den kleinen Salon, in dem schon drei Kannen Earl Grey auf einem Servierwagen standen, auf dem sich auch rot-blaue Teetassen, Unterteller und drei rot-gelbe Porzellandosen mit Kandiszucker und Teelöffeln befanden. Terry Lomes setzte sich in

seinen Sessel und schenkte sich eine Tasse Tee
ein, tat Kandiszucker hinein, stopfte Tabak in
seine neue Pfeife und entzündete ihn. Er lehnte
sich zurück und schloss kurz seine Augen.
Er dachte an die, um ihr Leben kämpfende
Spezialagentin. Er hoffte, dass der Doktor eine
Möglichkeit fand, das Gift aus ihrem Körper zu
bringen. Kurz darauf betraten Miss Panther und
der General den kleinen Salon und man begann
mit dem Studium der Notizen. Doktor Watts ging
in sich. Kälte verlangsamt das Gift, stoppt es aber
nicht. Bis Miss Leika ein Gegengift gefunden hat,
ist die Spezialagentin Tod. Eine Amputation muss
das letzte Mittel sein, wobei es ja noch nicht mal
sicher ist, dass das Gift dann vollständig aus dem
Körper ist. Kräuter, ja Kräuter könnten helfen.
Wie sagt man so schön. Gegen jedes Gift ist ein
Kraut gewachsen. Nur welches, das ist die alles
Entscheidende Frage. Miss Leika betrat das
Bad. „Möchten sie eine Tasse Tee, Doktor"?
„Im Moment nicht Miss Leika, aber ich möchte
Sie bitten, bei der Spezialagentin zu bleiben,
denn ich muss kurz in meine Kräuterkammer".
Miss Leika nickte kurz und der Doktor verließ
das Bad und ging in den Keller. Er schloss die
Tür mit der Aufschrift Kräuterkammer auf,

schaltete das Licht an und betrat den Raum. 1451 Gläser mit zerkleinerten Kräuter und Mixturen aus verschiedenen Kräuter standen nummeriert und beschriftet auf dunkelbraunen Regalen. Der Doktor steuerte einen Schreibtisch an, der aus Eichenholz angefertigt war, und genau auf seine Bedürfnisse zugeschnitten wurde. Er öffnete die oberste Schublade, holte sein Notizbuch und begann darin zu blättern. Gelbes Steppenkraut aus der Mongolei hat nicht nur kühlende sondern auch Knochenstärkende Wirkung. Er kratzte sich am Kopf. Momentmal, die Blätter des schwarzen Schlangenkopfstrauchs haben eine entgiftende Wirkung. Aus den Blättern hat man sogar ein Gegengift für Schlangengifte hergestellt. Fragt sich nur, ob ich das überhaupt zusammen auf die Haut auftragen kann. Wenn man das gelbe Steppenkraut als Tee verabreicht, so dass es von innen seine heilende, kühlende und stärkende Wirkung dem Gift entgegensetzt und von außen versuchen wir es mit einer Paste aus den Blättern des schwarzen Schlangenkopfstrauchs. Das kann tatsächlich funktionieren. Doktor Watts legte das Notizbuch in die Schublade zurück, holte zwei Mörser und begann die Heilkräuter langsam zu zerkleinern. Zehn Minuten später verließ er den

Raum und begab sich in die Küche. Er bereitete einen Tee aus dem gelben Steppenkraut und lies ihn langsam abkühlen. Aus den zerkleinerten Blättern des schwarzen Schlangenkopfstrauchs machte er eine Paste, die er zuerst abkühlen ließ. Er ging ins Bad und schaute sich den Unterarm der Spezialagentin an. Doktor Watts stutzte und zog sich seine Lupenbrille an. Miss Leika, die für einen kurzen Moment das Bad verlassen hatte, stand plötzlich hinter ihm. Doktor Watts zuckte unmerklich zusammen. Er schüttelte mit dem Kopf und untersuchte den gesamten Arm. „Haben sie etwas entdeckt, Doktor"? „In der Tat Miss Leika". Er gab ihr seine Lupenbrille und deutete auf den gesamten Arm. „Erinnert sie das an einen Fall der schon viele Jahre zurück liegt"? Miss Leika nickte sofort. „Aber sicher Doktor, wie könnte ich diesen Fall jemals vergessen. Damals arbeiteten wir mit Generale Raviolo, Sir Mortimer und General Olligator zusammen. Wir vereitelten gemeinsam die Ermordung der Königsfamilie und verhinderten so einen Umsturz". „Genau, und bei dieser Gelegenheit lernten wir Zabilon kennen. Er rettete damals das Leben von Miss Panther, die von einer seltenen Schlange gebissen wurde". „Ja, die Keke Schlange, war damals schon fast ausgestorben. Von der dürfte es heute kein Exemplar mehr geben, Doktor, sie gilt als Ausgestorben, zumindest habe ich das in einer Wissenschaftszeitung gelesen, die sich mit seltenen Giften und Gegengiften befasst. Dann haben wir ein Problem Doktor, wir haben kein Gegengift und ich glaube nicht, dass es noch verfügbar ist". „Miss Leika, Zabilon gab mir damals einen nicht unerheblichen Vorrat an Yukoloma und bat mich, den Wüstenwurz wieder in Afrika zu kultivieren, sobald es nachweisbar ein paar Exemplare der Keke Schlange gibt. Er sagte, das mit dem Aussterben der Schlange auch der Wüstenwurz verschwinden würde, weil beide in einer Symbiose miteinander leben würden, was ja auch Sinn macht". „Doktor, das bedeutet ja, dass die Spezialagentin überleben wird". „Noch nicht gänzlich, denn die leicht bläulichen Punkte stammen vom Gift der Keke Schlange, die roten und orangenen Verfärbungen sind die, die mir Sorgen machen, denn ich vermute Miss Leika, dass diese Gifte die Knochen deformiert, wenn ich das mal so ausdrücken darf. „Sie haben recht Doktor. Die Frage ist, welches Gift in der Lage ist, solche Schäden hervorzurufen". Doktor Watts schaute sich den Arm nochmals an und hatte plötzlich ein Bild vor Augen. „Miss Leika, es gibt Quallen, deren Gift sich durch die Haut arbeitet und die Knochen schädigt. Sicherlich nicht in dem Maße wie hier aber wenn man eine Kombination herstellt, wäre das durchaus möglich". „Ja Doktor, da gebe ich ihnen recht und ich habe da auch schon zwei Quallen arten im Sinn. Die rote und gelbe Feuerqualle sind beide tödlich und rufen Knochenschäden hervor. Wenn man eine Mixtur aus diesen drei Giften herstellt, könnte man ein Ergebnis bekommen, das diese absolut tödlichen und sehr schmerzhaften Schäden hervorruft". Doktor Watts nickte. „Miss Leika, wenn es sich um diese beiden Quallen arten handelt, habe ich die richtigen Kräuter dagegen. Ich würde sagen, sie verabreichen der Spezialagentin den Tee mit dem gelben Steppenkraut, der sie von innen her heilen sollte und tragen bitte die Paste aus den Blättern des schwarzen Schlangenkopfstrauchs auf ihren Arm auf. Ich gehe dann nochmals in den Keller und werde eine neue Paste herstellen. Wenn wir Glück haben, neutralisieren wir diesen Giftcocktail und retten so der Spezialagentin ihr Leben". „Mit Glück hat das wenig zu tun Doktor, sie befindet sich einfach in den besten Händen. Doktor Watts lächelte müde und verließ das Bad.

Terry Lomes saß mit Miss Panther und General Olligator im kleinen Salon und war in die Notizen von Professor Rütli vertieft. Er war fasziniert von den Ausführungen des Professors, die alle aus Kürzeln und der Bildsprache eines uralten Volkes bestand, das vor langer Zeit ausstarb. Der General legte sein Notizbuch auf den Tisch und schaute Miss Panther an, die verzweifelt versuchte, etwas zu verstehen. „Mister Lomes, Miss Panther und ich werden uns zurückziehen. Wir haben leider keine Ahnung von Archäologie. Diese Sprache, die sehr bildhaft ist, wenn ich das mal so sagen darf, ist für uns nicht zu verstehen. Ich hoffe, dass sie etwas damit anfangen können". Terry Lomes schaute auf. „Ist gut General, wir sehen uns dann zum Frühstück. Schlafen sie gut und machen sich nicht zu viel Gedanken, wir werden den Prinzen finden und befreien, vertrauen sie mir bitte". General Olligator verließ mit Miss Panther den kleinen Salon und ging zu Bett. Terry Lomes trank einen Schluck Earl Grey und widmete sich wieder den Aufzeichnungen. Todeswarnung folgte auf Todeswarnung. Terry Lomes schüttelte mit dem Kopf. Ich hoffe, dass wir nicht in dieses Labyrinth müssen, das nicht umsonst Todeslabyrinth heißt. Etwa 30 Minuten später huschte ein Lächeln über sein Gesicht. Raffiniert Professor Rütli, da muss man erst mal draufkommen, die Koordinaten in einer anderen Bildsprache zu verstecken. Terry Lomes verschlang Seite um Seite. Zwei Stunden später legte er die Notizen auf den Tisch und rieb sich die müden Augen. Doktor Watts betrat mit zwei Tellern den kleinen Salon. „Lomes, ich war so frei und habe uns etwas Kuchen mitgebracht. Ich hoffe, sie haben noch ein Tässchen Tee übrig". „Ja Watts, die Kanne ist noch halb voll". „Haben sie etwas über das Todeslabyrinth herausfinden können". Ja Watts, ich habe sogar die Koordinaten gefunden. Ich hole gleich ein paar Landkarten, dann können wir schauen, in welche Gegend wir uns begeben müssen". „Da wird der General mit Sicherheit erleichtert sein, Lomes". „Aber zuerst der Kuchen, denn ich verspüre etwas Hunger. Was macht die Spezialagentin? Haben sie und Miss Leika einen Weg gefunden um sie zu Heilen Watts". „In der Tat Lomes und es scheint wirklich zu funktionieren. Doktor Watts berichtete Terry Lomes Detailgenau von den letzten Stunden. „Unser Glück war, das wir mit diesen Giften schon zu tun hatten, dass erleichterte die Sache, so viel ist sicher Lomes. Ach Lomes, bevor wir uns den Landkarten widmen, helfen sie mir bitte dabei,

die Spezialagentin von der Badewanne in ein
Gästezimmer zu bringen. Miss Leika kümmert
sich dann um den Rest". Terry Lomes nickte und
biss in ein Stück Apfeltorte.

Aufbruch

Spaghetto betrat den Salon des Hauses, das er
unter falschem Namen gemietet hatte. Dort
wurde er bereits von seiner Bande erwartet. „Wir
brechen in etwa einer Stunde auf. Sind alle
Vorbereitungen getroffen worden Gaston"? Ja
Boss, erwiderte der schwarze Pudel, der ganz in
weiß gekleidet war. Sein Akzent verriet seine
Französische Herkunft und er war stolz darauf.
Gut, dann holt unsere Gäste nach oben und lasst
euch bitte auf keine Diskussionen ein, ihr wisst,
was ich meine, befahl Spaghetto. Gaston nickte
und ging mit vier Bandenmitgliedern in den Keller
um den Auftrag auszuführen. Professor Brandy
wurde langsam ungeduldig. „Kommt denn keiner
und schaut nach uns? Die haben uns doch nicht
vergessen, oder doch"? „Die haben uns sicherlich
nicht vergessen Professor Brandy. Man hat uns ja
nicht entführt, um uns dann hier verhungern zu
lassen". „Da haben sie wohl recht Prinz Ahmad".

Der Prinz nickte in die Richtung der Professorin.
Der Prinz lächelte und schüttelte mit dem Kopf.
Das Zebra dachte an General Olligator und sah
sich seine blau- rot- goldene Prinzenuniform an.
„Die können sie sicherlich nicht mehr tragen, so
schmutzig und kaputt, wie die ist, Prinz Ahmad".
„Darüber mache ich mir im Moment keine Sorgen
Professor Brandy". „Das ist alles meine Schuld.
Die halten meine Tochter Konstanze gefangen. Sie
haben von mir verlangt, dass ich sie beide in eine
Falle locke, damit man sie entführen kann. Um zu
zeigen, dass sie es ernst meinen, töteten sie alle
meine Angestellten mit einem Gift und ich stand
daneben und konnte nichts machen. Aus lauter
Angst um meine Tochter, stimmte ich zu. Ich bitte
sie beide um Verzeihung". Sie können nichts dafür
Sir Parzival sagte Professor Rütli. „Ich nehme an,
dass meine Entführung nichts mit ihnen zu tun
hat". „Richtig, Prinz Ahmad". „Mich würde nur
interessieren, was die mit mir vorhaben". Im
nächsten Moment wurde die Tür geöffnet und
Gaston betrat mit vier Vermummten den Raum.
Aufstehen und keine Fragen, sagte er knapp.
Professor Brandy stand auf. Warum haben sie
uns entführt? Fragte sie und bekam einen Schlag
in Gesicht. „Keine Fragen habe ich gesagt, hat das

jetzt jeder verstanden". Die anderen drei standen wortlos auf und wurden von ihren Ketten befreit. Wortlos folgten sie den Vermummten Gestalten in den Salon, wo Spaghetto auf sie wartete. Der Rest der Bande saß bereits in den Automobilen. „Meine Herrschaften, entschuldigen sie bitte die Unannehmlichkeiten, aber anders ging es leider nicht. Wir werden jetzt eine kleine Reise machen. Fragen und etwaige Fluchtversuche werden mit Gewalt bestraft. So und nun folgen sie mir bitte. Professor Brandy zitterte vor Wut. Am liebsten hätte sie diesem weißen Kater eine Ohrfeige gegeben. Da es aber im Moment keinen Sinn machen würde, zügelte sie ihr Gefühlsleben. Der Richtige Zeitpunkt wird kommen, soviel ist sicher dachte sie und folgte den Vermummten.

Sterben um des Sterbens Willen

Mauro Reale saß ruhig am Küchentisch. Nach außen wirkte er Eiskalt. Der Rehbock trank ein Schluck Kaffee und starrte dabei die weiße Wand an. Er atmete langsam ein und aus um den vollen Focus im Hier und Jetzt zu haben. Gefühle wären hinderlich, denn das Leben vieler Tiere hing vom Erfolg dieser Mission ab. Es läutete an der Tür.

Kurz darauf läutete es noch zwei Mal. Luisa Mare ging zur Tür und öffnete sie. „Oh, endlich seid ihr da. Gab es Probleme, Lara"? „Nein Mamma, wir mussten nur aufpassen das uns keiner sieht und deswegen dauerte es etwas länger. Wir wären um Haaresbreite Vanessas Schwestern begegnet"? „Der Spezialagentin"? „Nein Mauro, Rosalba und Francesca". „Was machen ihre Schwestern hier, Vanessa"? „Ich nehme an, dass sie sich Sorgen um mich machen und nach mir schauen wollten". „Mitten in der Nacht"? „Was soll ich sagen, meine Familie ist ein wenig eigenartig, um das mal so auszudrücken". Mauro Reale nickte kurz. „Sei es, wie es sei. Habt ihr es gefunden"? Ja, erwiderte Lara Mare und gab Mauro Reale das Fotoalbum. „Toto und Dominique, ihr beide entschlüsselt bitte die Nachricht und ich werde euch erklären, worum es hier geht". „Bis du dir sicher Mauro, du weißt, dass das nicht zu unserer Vorgehensweise passt und uns untersagt ist, darauf haben wir alle einen Eid geschworen". „Ich weiß Jim, ich finde aber das seine Familie ein recht hat zu erfahren, warum Tomaso gestorben ist. Ich musste es ihm versprechen Jim, verstehst du". „Du hast recht Mauro. Da wir wahrscheinlich nicht überleben, macht das dann auch nichts mehr aus".

„Luisa, dein Mann war ein Spezialagent und mein Bruder. Lass mich bitte zuerst ausreden, bevor du mir berechtigte Fragen stellst. Wir operierten im Geheimen und niemand, außer zwei direkten Vorgesetzten wusste von unserer Existenz und die mussten uns verleugnen, deswegen landete ich im Gefängnis. Mir wurden Verbrechen zur Last gelegt, die ich nicht begangen hatte. Nicht nur mir, zwei andere erging es nicht anders. Da wir zum Schweigen verdammt waren, nahmen wir die Strafe an. Wichtig war, dass kein anderer aufflog. Dein Mann wurde Oberaufseher um mich zu beschützen, denn wir hatten den Verdacht, dass wir Verraten wurden, was sich bestätigen sollte, denn die beiden anderen wurden in ihren Zellen auf grausame Art und Weise getötet. Man folterte sie, hatte aber offensichtlich keinen Erfolg damit. Dein Mann befreite mich und wurde kurz darauf getötet. Davide und Lara, euer Vater war ein Held, soviel ist sicher. Ich versprach ihm, dass ich mich um euch kümmern werde, so gut es mir möglich ist". Minuten der Stille vergingen. Lara Mare wischte ihre Tränen aus den Augen.

„Gib es irgendjemand der noch von euch wusste, außer euren Vorgesetzten"? „Ja Vanessa, da gibt es jemand. Die Schwester von Polly, aber ehrlich, für sie lege ich meine Hand ins Feuer, denn sie gehörte eine Zeit lang zu unserem Team". „Das heißt, sie lebt noch. „Ja Lara, sie lebt und keiner weiß von ihrer Existenz, uns ausgenommen. Sie, und Polly führten uns damals an und wir alle haben viel von ihnen gelernt". „Hast du noch Kontakt zu ihr"? „Nein Lara, seit dem Tod ihrer Schwester hat niemand von uns mit ihr geredet. „Lara, ihre Schwester wurde nicht nur ermordet, ihre Leiche verschwand spurlos, wir konnten uns noch nicht einmal von ihr verabschieden. Unsere Vorgesetzten erlaubten uns nicht, nach ihr zu suchen, das war auch der Grund, warum sie dann ausgestiegen ist und seitdem ein Bürgerliches Leben lebt. „Wer ist sie"? „Luisa, das kann ich dir nicht sagen, denn ich weiß nicht, wie sie heute heißt. Wir nannten sie Mica, mehr kann dir keiner von uns sagen. Unsere richtigen Namen wurden aus gutem Grund geheimgehalten. Wir erhielten einen Auftrag, führten ihn aus und gingen wieder in unser Bürgerliches Leben zurück. So schützten wir unsere Identität und unsere Familie. Dein Vater ist das beste Beispiel. Irgendjemand deckte seine wahre Identität auf, tötete ihn und ihr seid nicht mehr in Sicherheit. „Ich verstehe es. Wir müssen auf jeden Fall den finden, der uns töten will, bevor er uns findet". „Richtig Lara, genau das hat Priorität, nicht mehr und nicht weniger. Mica zu suchen muss warten. Ich hoffe nur, dass sie noch lebt". Dominique betrat den Raum. „Wir haben die Nachricht entschlüsselt Mauro". „So schnell, Dominique. Ich hoffe, sie war das Risiko wert". Dominique nickte und gab Mauro Reale ein weißes Blatt Papier. Er überflog die Nachricht und begann zu lächeln. „Unser Codewort lautet wie unser Überlebensmotto: Sterben um des Sterbens Willen. Euer Vater und dein Ehemann fand die Bürgerliche Identität von Mica heraus und ich werde sie in kürze Anrufen". „Wer ist sie, Mauro"? Nur Geduld Luisa, ihr werdet es noch früh genug erfahren".

Schwestern

„Sag mal Rosalba, war das nicht gerade eben Vanessa"? „Ich weiß Francesca. Kann sein, aber sie waren zu weit weg, um das genau sagen zu können". „Da hast du wohl recht Rosalba und dunkel ist es auch. So, da sind wir, hier wohnt Vanessa. Die Tür zum Studentenwohnheim ist offen, ist schon mal gut Rosalba". „Ich weiß nicht, ob das eine gute Idee ist Francesca. Vielleicht ist es besser, wir warten bis es hell wird und fragen an der Pforte nach, ob wir in ihr Zimmer dürfen". „Rosalba, wir haben es so geplant und ziehen es jetzt auch zusammen durch. Es wird schon gut gehen, wirst sehen Schwesterherz. Wir müssen nur ungesehen an dem Pförtner vorbei, das ist alles". Rosalba nickte und folgte ihrer Schwester ins Gebäude. Sie schlichen vorsichtig zur Pforte und waren erstaunt, dass der Pförtner nicht da war. „Der macht wohl gerade seinen Rundgang durch das Gebäude, Francesca". „Ich sagte doch, dass das nicht schwer wird, Rosalba". Ein nicken war die Antwort. Sie schlichen vorsichtig den Gang entlang sahen die Tür zum Treppenhaus, öffneten sie leise und folgten den Treppen in den zweiten Stock. Im dritten Stock wurde die Tür zum Treppenhaus geöffnet und sie hörten die Schritte des Pförtners leise auf sich zukommen. Rosalba öffnete die Tür zum zweiten Stock und beide verschmolzen mit der Dunkelheit des Ganges. Ihre Herzen schlugen schnell und ihr Puls belebte die Halsschlagader. Der Pförtner hatte zu ihrer Erleichterung seinen Rundgang beendet und ging ins Erdgeschoß zurück. „Das war knapp Rosalba, so viel ist sicher". „Da hast du wohl recht, das war mehr als knapp, Francesca. Glück gehört eben auch zu einem guten Plan". Ganz deiner Meinung Rosalba, erwiderte Francesca und blieb stehen. „Hier ist ihr Zimmer, jetzt müssen wir nur noch einen Weg finden, um die Tür zu öffnen. Rosalba zog die Türklinke ruckartig nach oben und drückte sanft die Tür nach innen. Die Tür öffnete sich und beide betraten das Zimmer. „Hat Vanessa uns mal gesagt. Bin froh, dass man sie noch nicht repariert hat". „Ich auch Rosalba, ich auch. Sie machten das Licht an und schauten sich um. „Nach was suchen wir eigentlich, Francesca"? „Keine Ahnung. Nach irgendetwas, was mit ihrem Verschwinden zu tun haben könnte. Schau mal Rosalba, hier liegt ein Foto auf dem Boden. Francesca hob es auf. „Das auf dem Foto ist nicht Vanessa, diese Frau ist mir unbekannt. Kennst du sie, Rosalba"? Nach einem kurzen Blick verneinte Rosalba und blieb wie angewurzelt stehen, als sie drei Polizisten im Zimmer stehen sah. Was machen sie hier, fragte einer der Polizisten. Das braune Schaf musterte sie mit eiskalten Augen. Wir wohnen hier und was wollen sie bitte in unserem Zimmer, erwiderte Rosalba forsch. „Wir sind äh wegen äh einer äh Straftat hier". Was für eine Straftat bitte, fragte Rosalba. Einbruch, meine Damen, schaltete sich nun ein anderer Polizist ein. Francesca holte tief

Luft und schaute den Polizisten vorwurfsvoll an. Der Fuchs schüttelte den Kopf. „Tut mir leid, aber wir müssen uns in ihrem Zimmer kurz umschauen, ob auch alles in Ordnung ist. Ich hoffe, sie haben nichts dagegen meine Damen". Wenn es sein muss, meinte Francesca und ging zur Seite. Die Polizisten durchsuchten das Zimmer und schauten sich an. „Meine Damen, wir suchen ein Fotoalbum, können aber keines finden. Wenn sie so nett wären und es uns aushändigen, sehen wir von einer Anzeige ab". Rosalba schaute den Fuchs an und schüttelte mit dem Kopf. „Wie sie selbst festgestellt haben, befindet sich hier kein Fotoalbum". „Wenn sie es uns nicht aushändigen, müssen wir sie leider auf Revier mitnehmen". Der Fuchs holte Handschellen, die sich an seinem Gürtel befanden und zeigte sie Rosalba. Rosalba sah aus den Augenwinkeln, wie das braune Schaf seine rechte Hand demonstrativ auf den Knauf seines Schwertes legte. Das geht nicht gut aus, dachte sie und lächelte verlegen. Gut, dann eben nicht, ich habe sie gewarnt, sagte der Fuchs und zog sein Schwert. Francesca zuckte zusammen und dachte an die mahnenden Worte, die ihre Schwester Raffaella zu ihnen gesagt hatte. Oh je und jetzt, mit denen ist nicht zu spaßen, dachte die Füchsin und schaute Rosalba fragend an. Patty Lomes betrat mit ihrer Kollegin Raffaella Bracale das Studentenwohnheim und ging zum Pförtner. „Hallo Bob, wie geht es ihnen"? „Oh, hallo Patty, oder soll ich Spezialagentin Lomes sagen". „Sie dürfen selbstverständlich Patty sagen Bob. Wir müssten in eines der Zimmer, wenn das in Ordnung ist". „Ich begleite sie und warte dann vor der Tür". Dann mal los sagte Bob und ging voran. Im Treppenhaus hörten sie laute Stimmen und Spezialagentin Bracale öffnete leise die Tür zum zweiten Stock. Sie schaute in den Gang und erschrak. „Haben sie die Polizei gerufen Bob"? „Nein Spezialagentin Bracale. Bei mir hat sich kein Polizist angemeldet, was eigentlich gemacht werden muss". „Bob, würdest du bitte auf dem nächsten Revier anrufen, bist du so lieb". „Mach ich Patty. Ich warte auf die Polizei und bringe sie dann zu euch". Patty Lomes nickte, öffnete die Tür und schaltete das Licht im Gang an. Kurz darauf standen die beiden Spezialagentinnen vor der offenen Tür. „Hallo, können wir ihnen helfen". Nein, würden sie bitte das Zimmer verlassen, denn wir führen hier gerade Polizeiliche, ähm Ermittlungen durch, ansonsten ähm, müssten wir sie ähm verhaften". Spezialagentin Bracale nickte und schaute dem braunen Schaf in die Augen. Wer sind sie, fragte der Fuchs, Patty Lomes. „Ich bin Spezialagentin Patty Lomes und das ist meine Kollegin Raffaella Bracale. Patty Lomes zeigte dem Fuchs ihren Ausweis. „Und wer sind sie. Das heißt, ich möchte bitte ihre Ausweise sehen". Der Fuchs nickte, holte aus der linken Tasche einen Polizeiausweis und gab ihn Patty Lomes. Während sie den Ausweis begutachtete, musterte sie unauffällig den dritten Polizisten, der sich ihr langsam näherte. Der Rehbock wirkte nervös und hatte seine Hand am Schwertknauf. Gut, das hätten wir geklärt, sagte Patty Lomes, gab dem Polizisten seinen Ausweis zurück und gab ihrer Kollegin ein unauffälliges Handzeichen. Dann schaute sie zu den beiden Schwestern und nickte ihnen Augenzwinkernd zu. „Können wir nun mit unserer Arbeit fortfahren. Das heißt, sie verlassen das Zimmer und wir verhören diese beiden Damen weiter". „Aber sicher. Wissen sie, man muss heutzutage so aufpassen, denn ganz in der nähe gibt es einen Requisitenladen, dort kann man sogar Polizeiuniformen samt Ausweis kaufen oder leihen". Der Fuchs stutze kurz und sah das braune Schaf an. Das trifft auf sie sicher nicht zu, sagte Patty Lomes und schlug zu. Der Fuchs fiel wie ein gefällter Baum zu Boden und blieb Bewusstlos liegen. Rosalba schlug dem braunen Schaf ihre Handtasche ins Gesicht und stürzte sich mit Francesca auf ihn. Francesca ließ ihn ihre Faust spüren, die krachend am Kinn des braunen Schaf landete. Rosalba entwaffnete ihn und hielt ihm seine eigene Schwertspitze an den Hals. Raffaella Bracale trat dem Rehbock, der sich auf Patty Lomes stürzen wollte, in die Seite. Der Tritt war so heftig, dass der Rehbock gegen eine Wand knallte und besinnungslos an der Wand zu Boden rutschte. Kurz darauf betrat Bob, gefolgt von vier Polizisten, den Raum. Festnehmen bitte, sagte Raffaella Bracale und zeigte ihren Ausweis. „Hab ich es euch beiden nicht gesagt. Die hätten euch beide Töten können und sagt jetzt bloß nicht, ihr hattet alles im Griff". „Du hast ja recht Raffaella. Sei mir bitte nicht böse, aber ich hab Hunger und würde dieses Gespräch bei einem Frühstück mit dir weiterführen. „Oh Rosalba, du wieder. Was soll ich bloß machen. Ihr kostet mich irgendwann mal meine letzten Nerven. Was ist mit dir, willst du dich auch mit Hunger aus der Sache rausreden Francesca"? „Nein, aber gegen ein Frühstück hätt ich auch nichts. Du weißt ja, Hunger ist schlimmer als Heimweh und wir sind Italienerinnen, für uns ist Essen Kultur". „Wisst ihr was, wir gehen zu meinem Vater. Bei uns daheim wird nämlich die Kultur des Essens auch gepflegt". „Gute Idee Patty, dann sehen wir endlich Miss Leika wieder, ist ja schon ein Weilchen her, das wir uns gesehen haben". Da hast du recht Raffaella, erwiderte Patty Lomes und die vier verließen das Zimmer.

Reden oder Sterben

Grimaldo, ein ganz in schwarz gekleidetes weißes Schaf, kam auf Spaghetto zugelaufen. Chef, neue Anweisungen für dich, sagte er und übergab dem weißen Kater einen roten Briefumschlag. Ständig neue Anweisungen, das geht mit ziemlich auf die Nerven, dachte Spaghetto und öffnete langsam den roten Umschlag. Mal schauen, was er wieder will. Spaghetto las die Nachricht, steckte das rote Briefpapier wieder in den Umschlag. „Grimaldo, ist der Doktor mittlerweile eingetroffen"? „Ja, er und seine Leute befinden sich an Bord". Gut, ich brauche ihn sofort bei mir. Würdest du ihm das bitte Ausrichten". Grimaldo nickte und ging. „ „Gaston, wir beide und der Doktor besuchen unsere Gäste. Ich hoffe, der Doktor bringt sie zum reden, denn wir benötigen die Koordinaten von

Antabar". „Da sehe ich keine Probleme, sobald er den ersten getötet hat, reden die anderen". „Du hast wohl recht Gaston, der Doktor kann sehr überzeugend sein, so viel ist sicher". Die Tür ging auf und Doktor Mord betrat den Privatraum von Spaghetto. Der Hirsch schaute Spaghetto aus eiskalten Augen an. „Wie kann ich dir behilflich sein, Spaghetto"? „Wir brauchen die Koordinaten von Antabar, Doktor Mord". „Gut, das sollte kein Problem sein. Welche Optionen habe ich"? „Leider nur eine, die anderen brauchen wir noch". Doktor Mord nickte und folgte Spaghetto, der mit Gaston den Raum ansteuerte, in dem man die Entführten gefangen hielt. Spaghetto öffnete die Tür, betrat den, zur Gefängniszelle umgebauten, Raum. Er blieb vor Professor Rütli stehen und sah ihm in die Augen. Sir Parzival begann zu zittern, als er Doktor Mord sah. Dem schwarzen Hengst schwante nichts Gutes, zu frisch und lebendig waren die Erinnerungen an Doktor Mord und seine Mörderischen Verhörmethoden. Er musste mit ansehen, wie seine Angestellten gefoltert und durch ein Gift langsam zu Tode kamen. Als sich Doktor Mord direkt vor ihn stellte, schloss er mit seinem Leben ab. Er hoffte, dass es schnell gehen würde. Sterben ja aber nicht so qualvoll wie seine

Angestellten. „Hallo Professor Rütli. Mein Name ist Spaghetto. Um die Ernsthaftigkeit meiner Bitte zu unterstreichen, wird Doktor Mord ein Exempel an Sir Parzival statuieren". „Ich nehme an, dass er Sir Parzival töten wird". „Ja, aber nicht nur töten, denn bei Doktor Mord wird der Tod zur Kunst, wie er es selbst nennt". „Spaghetto, wenn auch nur einer von uns zu Tode kommt, werden wir ihnen nicht helfen". „Wir werden sehen Professor Rütli. Doktor Mord, bitte fangen sie an". Hören sie auf, schrie Professor Brandy und stand auf. Gaston, der vor ihr stand holte kurz aus. Professor Brandy wich seinem Schlag aus und schlug zu. Gaston flog durch den Raum, knallte gegen die Gitterstäbe an der Wand und sank zu Boden. Dort blieb er Bewusstlos liegen. „Wie ihnen mein geschätzter Kollege schon mitteilte, werden wir ihnen nicht helfen, wenn jemand von uns zu Tode kommt. Lassen sie sich bitte gesagt sein, das wir keine Angst haben zu sterben. Als Archäologe blickt man ständig dem Tod ins Auge. Bedenken sie bitte auch, dass sie uns auch benötigen, um den Eingang ins Todeslabyrinth zu finden. Haben sie sich gefragt, wer sie durch das Labyrinth führt, denn ohne uns kommen sie keine 500 Meter, das kann ich ihnen versprechen mein lieber".

97

„Ihr Ruf eilt ihnen voraus Professor Brandy, das muss ich neidlos anerkennen. Dann werden wir eine Zweckgemeinschaft eingehen, zumindest bis sie uns durch das Labyrinth geführt haben". „Gut, so machen wir es und bitte keine Gewalt mehr, denn wir müssen uns gut vorbereiten. Lassen sie sich bitte gesagt sein, das Todeslabyrinth trägt seinen Namen nicht umsonst, soviel ist sicher". Gut, und nun bitte die Koordinaten, denn wir wollen demnächst aufbrechen, Professor Rütli". Grimaldo klopfte an der Tür und trat ein. „Sie sind da, soll ich sie herbringen, Spaghetto"? Ein Nicken war die Antwort. Kurz darauf wurden zwei Tiere in die Zelle gebracht. Alle, bis auf den Professor, anketten. Wenn sie mir bitte folgen, wir gehen zum Piloten, sagte Spaghetto und verließ mit dem Professor die Zelle.

Wahrheiten und Überraschungen

Miss Leika schaute nach der Spezialagentin. Gut, sie schläft noch dachte sie und ging in die Küche, um das Frühstück vorzubereiten. Sie schaute in den Kühlschrank und begann zu lächeln, als sie sah, dass die Hälfte der Apfeltorte fehlte. Da hat wohl jemand etwas Appetit gehabt, dachte sie und schüttelte den Kopf. Das Telefon begann zu läuten. Wer ruft denn so früh an? Das kann ja nur Scotland Yard sein, dachte sie und hob langsam den Telefonhörer ab. „Anschluss Mister Lomes. Was kann ich für sie tun"? Leben um des Lebens Willen, sagte die Stimme am Telefon und legte auf. Miss Leika legte den Telefonhörer auf und wartete. Das Telefon läutete erneut. Sie ließ es läuten und wartete. Beim dritten Anruf hob sie ab. Sterben um des Sterbens Willen, sagte sie und wartete einen Moment. „Hallo Mica, gut deine Stimme zu hören". „Mauro, bist du das"? „Ja Mica. Ich wollte dich warnen, denn einige von uns sind mittlerweile enttarnt worden". „Wie hast du mich gefunden, Mauro"? „Das sage ich dir, wenn wir uns treffen Mica. „Gut, dann komm her, denn hier bist du in Sicherheit Mauro". „Wenn ich mich nicht irre, wohnst du bei Mister Lomes. Der wird mich doch gleich verhaften lassen, sobald ich das Haus betrete und ich bin auch nicht allein. Das ist mir viel zu Riskant". „Mauro, Mister Lomes und den Doktor habe ich vor vielen Jahren eingeweiht. Sie wissen von meiner Vergangenheit. Nachdem man dich zu Unrecht verhaftet hatte und dich in einem Fingierten Prozess verurteilt hat, informierte ich

99

die beiden über dich". „Wen hast du noch mit einbezogen, Mica". „Mister Lomes Frau, denn mit ihr, dem Doktor und Mister Lomes arbeitete ich einige Zeit für Interpol. „Mauro, kommt alle her, denn es wird Zeit, dass die Wahrheit endlich ans Tageslicht kommt, denn keiner von uns hat etwas verbrochen und wir müssen die finden, die uns töten wollen". „Du hast recht Mica, wir sollten die Initiative ergreifen, sonst sind wir nie sicher und mich würde auch interessieren, wer hinter dem ganzen steckt. Meiner Meinung nach wurde das von ganz oben veranlasst. Mica, wir sind in circa einer Stunde da. Bis gleich". Mauro Reale legte auf und Miss Leika informierte Mister Lomes und den Doktor. Kurz darauf läutete Patty Lomes an der Haustür. Miss Leika öffnete die Tür und war erstaunt. „Oh, hallo Patty, kommt doch rein". „Kann es sein, dass sie jemand anders als uns erwartet haben"? „In der Tat Patty. Kommt doch rein, dann werde ich euch informieren". Patty Lomes war etwas irritiert. So nervös kannte sie Miss Leika nicht. Agathe Kupernikus rief nach Miss Leika. „Patty, geht bitte zu deinem Vater und sage dem Doktor bitte, dass unsere Patientin wach geworden ist. Dein Vater und der Doktor sind im kleinen Salon". Patty Lomes nickte kurz und Miss Leika ging in den ersten Stock. „Kommt Mädels, wir gehen in den kleinen Salon, und überraschen meinen Vater". „Hallo Paps, alles gute nachträglich zum Geburtstag. Hast du meine Geburtstagskarte bekommen"? „Hallo Patty, hallo meine Damen, schön, dass ihr da seid. „Hast du die Geburtstagskarte bekommen Paps"? „Ich war gestern nicht am Briefkasten Patty, tut mir leid". „Ach Doktor, sie möchten bitte zu Miss Leika kommen, sie sagte, dass ihre Patientin aufgewacht sei". „Danke Patty, dann werde ich mal nach ihr schauen. Das sind gute Nachrichten. Bin gleich wieder da Lomes". „Lassen sie sich Zeit Watts. Ich werde in der Zwischenzeit die Damen Informieren". Doktor Watts verließ den kleinen Salon und begab sich in den ersten Stock. Terry Lomes schaute seine Tochter ernst an. „Setzt euch am besten, denn es wird ein Weilchen Zeit in Anspruch nehmen und wenn ich fertig bin, werden wir hoffentlich Frühstücken können, ich denke, deshalb seid ihr auch hergekommen". So, dann beginne ich mal, sagte Terry Lomes und begann zu berichten. Spezialagentin Bernadoni schaute von Miss Leika zu Agathe Kupernikus. „Wo bin ich und wer sind sie". In diesem Moment betrat Doktor Watts den Raum. „Das ist Doktor

Watts, ich bin Miss Leika und diese Dame heißt Agathe Kupernikus. Sie befinden sich nicht mehr in Gefahr, bei uns sind sie in Sicherheit". Doktor Watts trat ans Bett und schaute sich den Arm an. „Wie fühlen sie sich". „Erstaunlich gut Doktor". „Wie haben sie mich geheilt, ich dachte, es gibt kein Heilmittel gegen dieses Gift". „Meine liebe, gegen jedes Gift ist ein Kraut gewachsen, man muss es nur finden und genau das haben Miss Leika und ich erfolgreich getan. Commandante Muscogiuri betrat das Zimmer und begann zu lächeln. „Brischid, du lebst. Das grenzt an ein Wunder". „Laura, was machst du hier". „Ist ne längere Geschichte. Was ist dir passiert? Wer hat dir das angetan"? „Dieses Tier nennt sich Doktor Mord. Bevor du fragst Laura, ich kannte ihn vorher auch nicht. Ich befürchte aber, dass er aus seinem Namen einen Beruf gemacht hat". „Ja, ich weiß, wir haben schon einige Leichen gefunden, aber dazu später mehr. Jetzt würde ich gerne erfahren, was dir zugestoßen ist. Lass dir bitte Zeit, es eilt nicht". „Miss Leika, würden sie bitte hierbleiben, ich muss in den kleinen Salon". „Was ist mit dem Frühstück"? Das übernehme ich sagte Agathe Kupernikus und verließ das Zimmer. „Würden sie mich bitte informieren, wenn unsere Gäste kommen, Doktor". „Selbstverständlich Miss Leika".

Miss Leika fühlte sich unwohl, sie musste an ihre Schwester denken, die sie nicht retten konnte. Ihre innere Anspannung stieg. Sie hörte das Klingeln an der Haustür und verließ das Zimmer. Miss Leika öffnete und atmete tief durch. „Gut, dass ihr da seit Mauro, ich hab mir schon Sorgen gemacht. Hallo Jim, Toto, Peter und Dominique, schön euch zu sehen". „Mica, das ist Luisa Mare, sie ist die Frau meines Bruders und das sind seine Kinder Lara und Davide und diese junge Dame heißt Vanessa Bracale". „Hallo Miss Leika, schön, dass wir uns wieder mal sehen, ist schon ein ganzes Weilchen her, das wir uns das letzte mal gesehen haben". „Ihr kennt euch Mica? „Ja Mauro. Vanessa, deine Schwestern sind bei Mister Lomes im kleinen Salon, sie freuen sich bestimmt, dich zu sehen. Kommt bitte mit, ich bringe euch zu Mister Lomes und keine Angst, er weiß das ihr kommt". Kurz darauf betraten sie den kleinen Salon. „Mica, ich hätte dich gerne allein gesprochen. Es ist wichtig". „Gut, dann gehen wir in den Garten, ich brauche sowieso ein wenig frische Luft". Kurz darauf setzten sich Miss Leika auf eine grüne Holzbank. „Mica, was mein Bruder herausfand wollte ich dir unter vier Augen sagen. Deine Schwester lebt. Sie und sechs ihrer Leute überlebten und sind untergetaucht. Vor etwas mehr als drei Wochen wurden sie jedoch enttarnt und verschleppt. Ich weiß nicht, wohin man sie gebracht hat, aber ich habe mir Gedanken gemacht, wer uns damals verraten hat. Der Einzige, der mir eingefallen ist, war Rufus". „Du hast recht Mauro. Rufus kam erst ein paar Wochen vor den Anschlägen auf uns in Pollys Gruppe. Polly hat ihm von Anfang an nicht getraut, das hat sie mir gesagt". „Jetzt stellt sich uns die Frage, wie wir den Ort finden, an dem man sie gefangen hält". Miss Leika ging in sich, man sah ihr an, wie ihr Verstand arbeitete. „Mauro, wir müssen Rufus finden, der war doch mit Sicherheit bei den Entführungen dabei". „Da hast du wohl recht Mica aber wie finden wir ihn. Das wird nicht einfach". Miss Leika nickte. „Komm, wir gehen zu den anderen in den kleinen Salon, die werden mit Sicherheit schon auf uns warten". Meine Schwester lebt, dachte Miss Leika und musste sich zusammennehmen um nicht in Tränen auszubrechen. Kurz darauf betraten sie den kleinen Salon und man begann sich auszutauschen. Terry Lomes hörte zu und schwieg. Nach und nach entstand ein Bild vor seinem geistigen Auge. „Die Polizisten waren schon eigenartig Raffaella". Wie meinst du das Rosalba". „Sie suchten das Fotoalbum mit den Geheiminformationen. Woher wussten sie davon und dass sie das in Vanessas Zimmer suchten, war war wohl auch kein Zufall". „Und dann dieser eine Polizist, der immer ähm sagte und sehr nervös wirkte, Rosalba". „Genau Francesca, der war dann schon etwas seltsam". Miss Leika stutzte wurde hellhörig und stand auf. „Francesca, war dieser Polizist zufällig ein braunes Schaf"? „Ja Miss Leika und sein linkes Ohr war etwa um die hälfte kleiner als das rechte". „Das ist Rufus, Mauro, soviel ist sicher". Mauro nickte müde. Miss Leika huschte ein Lächeln über ihr Gesicht. Sie schaute zuerst Terry Lomes und dann den General an. „Würden sie mir helfen meine Herren"? Aber erst nachdem wir uns gestärkt haben, sagte Terry Lomes und stand auf. „General, wir sollten unbedingt erste Vorkehrungen treffen, bevor wir nach Antabar aufbrechen. Es wäre gut, wenn eine Vorhut das Gelände sondiert, das spart uns die Zeit, die wir mit Sicherheit benötigen, um die Entführten zu befreien". „Ich werde es umgehend veranlassen Mister Lomes". Terry Lomes nickte und ging zur

Tür, denn es hatte geläutet. Das wird Sir Mortimer sein, dachte Terry Lomes und öffnete. „Oh, hallo die Herren, wenn sie bitte eintreten möchten, auf dass das Haus voll wird". „Ich hoffe, wir kommen nicht ungelegen, Mister Lomes". „Aber nein mein lieber Kommissario, habe so früh nicht mit ihnen und Spezialagent Mihok gerechnet. Sir Mortimer, ich hoffe, sie und Inspektor Reinhard haben ein wenig Zeit mitgebracht, denn wir müssen einiges besprechen, aber erst nach dem Frühstück". „Selbstverständlich Mister Lomes, ich habe alle Termine für den heutigen Tag abgesagt". „Danke Sir Mortimer. Wenn sie mir bitte folgen würden, ich bringe sie zu den anderen und werde mich dann um das Frühstück kümmern". Kurz darauf ging Terry Lomes in die Küche, wo Miss Leika und Agathe Kupernikus Tee kochten. „Mister Lomes, für so viel Tiere reicht unser Vorrat nicht, muss wohl zuerst einkaufen gehen". „Miss Leika, sie und der General setzen sich bitte zusammen und beraten über die Vorgehensweise des Verhöres mit diesem Rufus. Das hat oberste Priorität Miss Leika. Ich werde mich jetzt ans Telefon begeben und beim Restaurant Taylors Inn einen Brunch für vierzig Tiere bestellen". „Das ist eine gute Idee Mister Lomes. Agathe, wir beide gehen jetzt in den kleinen Salon". Ist gut Miss Leika, erwiderte Agathe Kupernikus erleichtert, denn für so viele Tiere hatte sie noch nie gekocht. „Ach Miss Leika, würden sie dem Doktor bitte ausrichten, das wir heute im freien Speisen". „Soll ich ihnen helfen, Mister Lomes". „Nein, Miss Leika, sie und der General müssen sich vorbereiten, das ist wichtig". Miss Leika nickte kurz und verließ die Küche.

Brunch Gespräche

Die Sonne schien von einem wundervoll blauen Himmel, der Duft der Rosen vermischte sich mit den Aromen der Speisen und ließ eine heitere Stimmung entstehen. Terry Lomes ging an den Briefkasten. Ein weißer Briefumschlag lag darin. Er öffnete ihn und holte die Glückwunschkarte seiner Tochter heraus. Ein Lächeln huschte über sein Gesicht. Er ging in den Parkähnlichen Garten und setzte sich neben seine Tochter. Er legte die Karte auf den Tisch, bedankte sich bei ihr und begann zu Essen. „Sag mal Paps, wollten Tom und Mama nicht wie jedes Jahr zu deinem Geburtstag kommen"? „Geplant war es Patty, aber sie haben wohl dringend nach Spanien müssen". „Spanien, was machen die in Spanien". Tom hat dort wohl eine Bekannte, die er besuchen wollte". „Oh, nennt man das heute Bekannte, Paps". „Das selbe habe ich deine Mutter auch gefragt, die hat nur gelacht und gesagt, dass wir meinen Geburtstag nachholen". „Sie wird doch nicht wieder für Interpol Kanada arbeiten"? Terry Lomes lachte. „Patty, das kann man bei deiner Mutter nie wissen". „Da sagst du was Paps. Wir sind schon eine spezielle Familie". „Da hast du wohl recht Patty. Eine Universität zu leiten und nebenbei für Interpol Kanada zu arbeiten ist auf jeden Fall eine Herausforderung". „Sie scheint gut damit zurechtzukommen Paps und das ist das wichtigste". Terry Lomes nickte kauend und ließ sich die Rühreier schmecken. „Mister Reale, sie sollten ab jetzt ihren Familiennamen verwenden und mit Mauro Reale abschließen, das sind sie ihrer Familie schuldig. Wir werden gemeinsam diese Organisation zerstören, das hat oberste Priorität". Mauro Reale nickte müde. „Ich werde meine Frau informieren und sie mit den Kindern nach London kommenlassen. Vielleicht bauen wir uns in London ein neues Leben auf, wenn dass alles hier vorbei ist, Sir Mortimer". „Dem kann ich nur beipflichten, Mister Mare". Mauro Reale sah Sir Mortimer an. „Haben wir schon einen Plan"?

„Ja, Mister Mare, den haben wir. Zuerst befreien wir Miss Leikas Schwester und dann werden wir schauen, welche Politiker in den letzten Monaten durch einen Mord umgekommen sind. So, und jetzt werden wir uns das Essen schmecken lassen Mister Mare". Mauro Mare begann zu lächeln. Er hatte seit einer gefühlten Ewigkeit kein richtiges Essen mehr gehabt. Das Gefängnisessen war fade und pampig, die Bezeichnung Essen hatte es mit Sicherheit nicht verdient. Miss Leika hatte, dass Gespräch mitbekommen und freute sich für ihren ehemaligen Kollegen, dass es wohl einen Ausweg für ihn und den Rest der Truppe geben würde. Sie konnte sehr gut nachfühlen, was er durchmachen musste und das vollkommen unverschuldet. Spezialagent Mihok, was führt sie eigentlich nach London"? „Sir Mortimer, das FBI ermittelt in den USA in drei Mordfällen, die das gleiche Muster aufweisen, wie die Morde an den Politikern hier in Europa. Bei unseren Recherchen führte eine Spur nach Europa, die vielversprechend zu sein schien. Also flog ich nach Rom, um gegen einen Zauberer und Illusionisten Namens Spaghetto zu Ermitteln. Als er starb und kurz darauf sein Leichnam verschwand, sollte ich zurück in die USA. Dann bekam ich einen Anruf von Tomaso

Mare, der mir riet, mit Kommissario Gnocchi in Kontakt zu treten. Mauro, dein Bruder sagte, dass all diese Morde zusammenhängen und er vermutete, dass ihr alle getötet werden solltet. Er wollte zuerst dich befreien und sich dann mit mir, dir und dem Kommissario hier in London treffen". Spezialagent Mihok, woher kennen sie die Brüder Mare, wenn ich fragen darf"? „Wir drei haben an mehreren Fällen gemeinsam gearbeitet und das erfolgreich, Sir Mortimer. Das, was man Mauro anlastete, war alles fingiert, denn er war zu dieser Zeit gar nicht in Italien. Er, sein Team, Homer Bones von den Mountain Rangern aus Kanada und ich arbeiteten gemeinsam an einem Fall in Kanada und das erfolgreich, wenn ich das so sagen darf. Da das alles Geheim war, mussten wir uns aus der Gerichtsverhandlung raushalten, sonst hätten wir alle Beteiligten in unmittelbare Gefahr gebracht. Das mit deinem Bruder tut mir wirklich leid Mauro". Der Rehbock nickte müde. Ich weiß Spike, erwiderte er und widmete sich hungrig dem Essen, das er reichhaltig genoss. „Sag mal Vanessa, wie kamst du eigentlich auf die Idee, ohne ein Wort zu sagen, zu verschwinden? Wir haben uns große Sorgen gemacht". „Du hast ja recht Raffaella, aber ich konnte ja nicht wissen, wie sich das alles entwickelt. Ich bekam ein Paket, öffnete es und bemerkte, dass das Fotoalbum für Lara bestimmt war. Ich ging zu ihr und bekam mit, wie sie mit zwei Tieren, die mir fremd waren, ihr Zimmer verließ. Sie wirkte ängstlich und dann bin ich ihr, ohne nachzudenken, gefolgt. Obwohl ich wirklich aufgepasst habe, hatten sie bemerkt, dass ich sie verfolgte, und haben mich gebeten, sie zu begleiten. So bin ich bei Mauro Reale, der eigentlich Mare heißt, gelandet. Als er erfahren hatte, dass du meine Schwester bist, war er nicht gerade begeistert, das kann ich dir sagen". „Das glaube ich dir aufs Wort Vanessa. Bitte mach so etwas nie wieder, denn du hattest Glück, das er nicht der ist, für den ihn die meisten gehalten haben". Rosalba nickte beipflichtend. „Ihr beide seid am besten ganz still, denn wenn Patty und ich nicht dagewesen wären, würdet ihr nicht hier sitzen und mit uns Essen. Damit ist dieses Thema beendet und ich werde diesen Brunch mit euch gemeinsam genießen, denn ich habe Hunger". Doktor Watts war in seinem Element. „Lomes, so etwas sollten wir öfter machen. Ich liebe Brunch, das sollte eigentlich die erste Mahlzeit sein, die man einnimmt. Da ist alles dabei, was das Herz begehrt, sogar Süßspeisen. Wenn wir zurück sind aus Antabar werde ich alle zu einem Brunch oder einem Abendessen oder beidem einladen". Das machen wir Watts, soviel ist sicher, entgegnete Terry Lomes und ließ es sich schmecken.

Rufus

Rufus wachte auf und öffnete seine Augen. Er schaute sich um. Wo bin ich, fragte er sich. Hallo, hallo, ist denn niemand da, rief er. Hallo, ich will endlich meinen Anwalt sprechen, rief er, leicht panisch. Vom Nebenraum hörte er schreckliche Schmerzensschreie. Aufhören, bitte aufhören, ich weiß wirklich nichts, drang es an seine Ohren. Wo bin ich? Eigentlich müsste ich bei Scotland Yard sein. Die Foltern aber nicht? Angst durchzog seinen Körper, nahm Besitz von seinen Gedanken und lähmte ihn. Er hörte immer wieder diese grausamen Schreie, die plötzlich verstummten. Er hörte eine schwere Eisentür, die zugeschlagen wurde. Oh nein, jetzt bin ich an der Reihe, dachte er. Die Tür ging auf und er fiel fast in Ohnmacht, als er sah, wer den Raum betrat. „H, ha, äh, äh, hallo Mica, du lebst? „Wie du siehst Rufus, habe ich überlebt, was aber nicht dein Verdienst ist, denn du hast uns ja verraten.

112

„Ähm, äh, nein Mica, das ähm, äh, war Mauro, ich äh, ähm, hab damit nichts, äh, zu tun, das kannst ähm, äh, du mir glauben, wirklich äh. Die Schreie im Nebenraum fingen wieder an. Rufus wurde es schlecht und er musste sich fast übergeben. „Rufus, ich möchte zuerst von dir wissen, wer dich beauftragt hat, uns zu töten". „Ich ähm, äh, war es nicht, ä, ähm, das war, wie ich, ä, ä, schon sagte, ähm, Mauro". „Mein lieber, ich weiß es aus verlässlicher Quelle und die ist zu Einhundert Prozent glaubwürdig, egal was du von dir gibst. Also, überlege gut, was du sagst, denn es hat Konsequenzen für dich". „Wer, ähm, ä, äh, schreit denn da, ä, ähm, so fürchterlich Mica"? „Das tut im Moment nichts zur Sache. Du solltest dich auf die Beantwortung meiner Fragen, und nur darauf, konzentrieren. Also noch mal, wer hat dich beauftragt, uns zu töten"? „Ich, ä, ä, war es nicht, Mica". Im Nebenraum wurde es plötzlich still. Mica schüttelte den Kopf. „Du solltest jetzt anfangen, meine Fragen wahrheitsgemäß zu beantworten, sonst kann ich dir nicht helfen". „Was ä, ä, meinst du Mica". Die Tür ging auf, und eine Löwin, die eine rote Augenklappe trug, betrat den Raum. „Es tut mir leid Mica, ich denke, er hat es übertrieben. Ich sagte noch zu ihm, dass er morgen weitermachen sollte, aber nein, er machte weiter, jetzt sagt er nichts mehr". „Gut, dann kann er hier weitermachen, ich komme bei ihm nicht weiter". Die Tür ging erneut auf und ein Alligator, der einen leblosen Körper in den Armen trug, betrat den Raum. „Mica, der sagt uns nichts mehr. Wobei ich hinzufügen möchte, dass er uns ständig angelogen hat. Ich stellte ihm Fragen, die wir zu Einhundert Prozent wussten und er hat uns immer gesagt, dass er damit nichts zu tun hat". „Das ist bei ihm hier das gleiche, General. Lügen, Lügen und nochmals Lügen. Rufus, darf ich dir General Olligator vorstellen, er wird sich ab jetzt um dich kümmern". Der General legte die Leiche von Mauro Reale vor die Füße von Rufus. Mauro Reales Körper war blutverschmiert. Rufus musste sich übergeben. Ich gehe dann mal Rufus, sagte Mica und drehte sich um. „Mica bleib bitte, ich sage ab jetzt die Wahrheit". „Gut Rufus, dann beantworte meine erste Frage". „Es ging nicht um das Team, es ging um dich und Polly. Das war der Auftrag". „Weißt du, warum? „Nein, muss wohl was persönliches gewesen sein". „Wer hat dir den Auftrag erteilt"? „Das weiß ich nicht, ehrlich. Aber es kam von ganz oben, soviel ist sicher. Wir sollten es so ausschauen lassen, als sei das ganze Team

114

das Ziel, deshalb gab es auch ein paar Opfer zu beklagen". „Wo ist Polly? Ich weiß, dass ihr sie aufgespürt und entführt habt. Rufus schwieg. Der General wurde ungeduldig und zeigte seine scharfen Zähne. Er hob Rufus samt Stuhl in die höhe und lächelte dabei. „Ab jetzt übernehme ich, Mica. Wir beide werden viel Spaß haben. Na ja, vielleicht nicht wir beide, aber ich auf alle Fälle, Rufus. Weißt du, wir sind hier ganz unter uns. Scotland Yard hat dich dem Afrikanischen König übergeben, weil wir nachgewiesen haben, dass du beim Putschversuch vor ein paar Jahren beteiligt warst. Leugnen hat keinen Sinn Rufus, wir haben unwiderlegbare Beweise. Also, wo ist Polly"? „Ich habe sie nicht entführt, ich war zu dieser Zeit mit Doktor Mord in Italien. Ich weiß aber, wo man sie gefangenhält". „Wo ist sie". „Sie ist in Liverpool, ich gebe euch die Adresse". „So Rufus, jetzt werde ich dir noch ein paar, für mich wichtige Fragen, stellen. Wenn du sie mir Wahrheitsgetreu beantwortest, werde ich dich in Ruhe lassen. Ich werde auch dafür Sorge tragen, dass deine Mitarbeit sich positiv auf deine Strafe auswirken wird. Also, bitte nur die Wahrheit, hast du mich verstanden"? Rufus nickte geknickt. Er hatte verstanden und war froh, dass er nicht noch

gefoltert wurde. Als der General fertig war, wurde die Leiche von Mauro Reale weggebracht. „Miss Leika, ich glaube, er hat die Wahrheit gesagt". „Da gebe ich ihnen recht, General. Als er sie mit dem reglosen Körper von Mauro Reale sah, ist er eingeknickt, das gab ihm den Rest. Ich muss mich bei Doktor Watts bedanken, das er die richtige Dosierung gefunden hat, General". „Da haben sie wohl recht, Miss Leika, ein paar Minuten früher aufgewacht und der ganze Effekt wäre zunichte gemacht worden". Miss Leika, ab wann wussten sie, dass er nicht mehr Lügt"? „Als er nicht mehr stotterte. Dieses ä, ähm, ist seine Fassade mit der er spielt. Er täuscht den Tieren ein Trugbild von sich vor. In Wahrheit ist er extrem gefährlich, das können sie mir Glauben, Miss Panther".
Ein Nicken war die Antwort. Kurz darauf wurde Mauro Reale wach. „Mauro, Mauro Reale ist nun ganz offiziell für Tod erklärt worden. Ab jetzt bist du frei und kannst dein Leben als Mauro Mare in Frieden Leben". „Danke Mica, entschuldige bitte, Miss Leika". Miss Leika lachte laut. „So, und jetzt befreien wir Polly und werden uns dann um die Befreiung von Prinz Ahmad und den anderen Geiseln kümmern". Ja General, erwiderte Miss Leika mit einem Lächeln und nickte dabei.

Mica

Terry Lomes schlenderte mit Miss Leika und dem Doktor die Oaks Street entlang. Er schaute sich beeindruckt um. „Diese Eichen sind uralt und mit Sicherheit schützenswert, soviel kann man schon auf den ersten Blick erkennen. Schauen sie sich bitte diese Baumkronen an, wunderschön, nicht wahr". „Ja, Mister Lomes, aber sollten wir uns nicht lieber mit dem Anwesen zu unserer linken beschäftigen, denn dort wird meine Schwester gefangengehalten". „Miss Leika, das eine schließt das andere nicht aus. Was fällt ihnen auf, Watts"? Der Doktor schaute sich um. „Na ja, also, so wie ich das sehe, sind die Mauern dieses Anwesens so hoch wie die Eichen und das verhindert, dass man hinter diese Mauern blicken kann, was es für uns schwierig macht, auf dieses Anwesen zu gelangen und wir einen wirklich guten Plan brauchen, um Miss Leikas Schwester zu befreien, Lomes". Terry Lomes nickte. „Was meinen sie, Miss Leika". „Ich kann mich da nur dem Doktor anschließen und dass gefällt mir gar nicht, Mister Lomes". „Sonst fällt ihnen nichts auf"? Ein Kopfschütteln war die Antwort. „Also, zuerst einmal sehe ich nicht eine Parkbank, auf der man sich ausruhen könnte".

„Lomes, was hat das jetzt damit zu tun? Wie soll uns das jetzt weiterhelfen"? „Das kann ich ihnen sagen Watts. Das Gebiet rechts ist ein Waldgebiet in das etwa alle 500 Yard ein Weg hinein führt. Die Mauern um dieses Anwesen sind so hoch wie die größte Eiche und beides ist verboten. Also stellt sich mir die Frage, warum und wie wir dieses zu unserem Vorteil nutzen können". „Mister Lomes, die Besitzer wollen nicht, dass man sieht, was da vor sich geht. Die können sich sicher fühlen, weil sie es sind, Mister Lomes". Terry Lomes stopfte Honigtabak in seine Pfeife und entzündete ihn. Er folgte dem Rauch, der aus seiner Pfeife kam und hatte eine Idee. Er schaute sich um und sein Plan nahm Konturen an. „Watts, wir beide gehen in die Hafenstadt. Miss Leika, sie kommen bitte mit den Damen und Major Bradley ins Ericas Inn. Der Major soll bitte in Zivilkleidung kommen und den Grundriss des Anwesens mitbringen". Etwa zwei Stunden später standen Terry Lomes und der Doktor am Mersey River und rauchten eine Pfeife. Sie schauten den Schiffen nach, die in Richtung Irischer See fuhren. „Teil eins unseres Planes ist erledigt, Watts. Jetzt gehen wir gut Speisen und schauen uns den Grundriss an". Doktor Watts zog ein letztes mal an seiner Pfeife, klopfte den Tabak aus seiner Pfeife, in einen Aschenbecher, der neben ihm stand nahm vier Stoffbeutel, die vor ihm standen und schaute Terry Lomes an, der es ihm gleichtat. Kurz darauf betraten sie das Ericas Inn und wurden von der Besitzerin empfangen. „Hallo die Herrschaften, schön, sie zu sehen. Ist schon ein paar Jahre her, seit sie das letzte mal hier waren". Viel zu lange Erica, soviel ist sicher, erwiderte Terry Lomes. „Ich bringe sie zu ihren Gästen, Mister Lomes, ich habe sie in Raum vier untergebracht, da sind sie ganz ungestört. Patty schaut ihrer Mutter sehr ähnlich. Als ich sie sah, hatte ich fast Tränen in den Augen. Schade, dass sie nicht dabei sein kann". Terry Lomes nickte und folgte der Füchsin. „Doktor Watts, ich habe mir erlaubt, ihr Spezialgericht zuzubereiten und wie immer in doppelter Ausführung". Doktor Watts begann zu strahlen. „Sie sind ein Schatz Erica, ich habe mich schon den ganzen Vormittag darauf gefreut". „So, und nun lasse ich sie allein. Wenn sie etwas benötigen, sagen sie es bitte". Terry Lomes nickte und betrat den Raum. Er steuerte gemeinsam mit dem Doktor den Tisch an, stellte seine Stoffbeutel ab und setzte sich. „Lassen sie uns zuerst Speisen und dann werde ich ihnen den Plan verraten, den der Doktor und ich uns haben einfallen lassen". Da die anderen schon mit dem Essen angefangen hatten, verlor Doktor Watts weder Zeit noch Wort und begann sofort, seine Speise zu genießen. Terry Lomes schwelgte, wie seine Tochter Patty, in Erinnerungen. Sie waren viele male als Familie hier, oft auch mit Miss Leika und dem Doktor. „Paps, ich denke gerade an die Museumsbesuche, die wir gemeinsam als Familie unternommen haben. Schade, dass wir keine Zeit haben, ins Museum für Kunst zu gehen. Mädels, in diesem Museum hängt seit kurzem ein Bild, das euch bestimmt gefällt". „Patty, ihr habt bis um achtzehn Uhr Zeit. Der Doktor, Miss Leika, Major Bradley und ich haben ein paar Vorbereitungen zu treffen, aber dazu gleich mehr". Miss Leika sah die Schiffe auf dem Mersey River durch das große Fenster und Bilder der Erinnerungen zogen an ihr vorbei und ein Lächeln schmückte ihr Gesicht. Nach dem Essen räumte Rebecca, die Nichte von Erica, das Geschirr ab, brachte jedem eine Tasse Earl Grey Tee. „Major Bradley, würden sie bitte so gut sein und, den Grundriss des Anwesens auf dem Nebentisch ausbreiten, damit der Doktor und ich ihnen unseren Plan erläutern können. Ich bitte sie aber gleichzeitig darum, mit ihrer Meinung nicht hinter dem Berg zu halten. Wenn jemand etwas sieht, was uns entgangen ist, nur raus damit, denn der Doktor und ich sind nicht perfekt und ein Plan immer nur so gut wie seine Durchführbarkeit. Wir wollen ja nicht, dass wir Scheitern, denn das wäre fatal. „Die Mauern sind zu hoch und im Park sind, wie Rufus uns sagte, vier Baumhäuser, die ständig besetzt sind. Wir kommen da nicht unbemerkt rein. Abends gehen alle dreißig Minuten zwei Tiere auf Streife und sichern so das Anwesen von außen ab. Also, ich sehe keine andere Möglichkeit als das Anwesen zu stürmen, was allerdings große Risiken mit sich bringt". „Sehe ich genauso, Major Bradley. Um uns einen Vorteil zu verschaffen, waren wir im Clowns, um ein wenig einzukaufen. Miss Leika, ich erinnerte mich an unseren letzten Fall und an den Nebel der Geistergans und da dachten der Doktor und ich, dass wir diesen Nebel auch zu unserem Vorteil einsetzen können und haben genügend davon eingekauft. Wichtig dabei sind die Tiere, die auf Streife gehen. Wir müssen den Nebel zuerst nur leicht zum Einsatz bringen, denn die erste Streife muss ihn melden. Bei der zweiten Streife erhöhen wir die dichte des Nebels, so dass die Sicht etwa 50 Meter beträgt und wir beginnen können, das Anwesen einzunebeln. Das sollte es

uns ermöglichen, unbemerkt auf das Anwesen zu gelangen. Commandante Muscogiuri, Sie, Miss Leika, Spezialagentin Bracale und Patty werden die einzige Schwachstelle nützen, um über das Dach ins Innere des Gebäudes zu gelangen. Wenn sie im Gebäude sind, rückt der erste Trupp unter der Leitung von Leutnant Cooper nach und wird sie unterstützen. Der Rest von uns kümmert sich um die Wachen der Baumhäuser und greift das Gebäude an. Man wird uns Attackieren, was es ihnen ermöglichen sollte, in die Kellerräume zu gelangen und die Geiseln zu befreien. Bevor wir unser Unternehmen starten, wird der Major die Telefonleitung kappen. Hat jemand Einwände"?
„Nein, Mister Lomes, dieser Plan ist genial und ich bin mir sicher, dass wir die Geiseln befreien werden". „Danke, Commandante. Patty, wenn ihr möchtet, könnt ihr ins Museum, oder euch die Hafenstadt anschauen". „Paps, die Hafenstadt ist ideal zum Bummeln. Was meint ihr Mädels"?
Ein freudiges Kopfnicken war die Antwort.
Die Dunkelheit legte sich langsam über die Stadt. Terry Lomes, Doktor Watts und Major Bradley hatten den ersten Künstlichen Nebel um das Anwesen verteilt und warteten auf die Streife. Die einzige Tür, die in das Anwesen führte, ging

auf und Manuel betrat den Gehweg. Der weiße Pudel schaute sich um. „Viktor, wir bekommen Nebel, das müssen wir später melden". Viktor, ein mürrischer Collie Hund nickte kurz und trat neben Manuel. Sie liefen ihre Runde und sahen sich ständig um. Nachdem sie wieder im Gebäude waren, meldeten sie den aufkommenden Nebel. Dann begannen sie mit ihrer zweiten Runde. Der Nebel war jetzt viel dichter und kroch die Mauer entlang. Sie achteten auf jedes Detail, waren hochkonzentriert, ihnen entging nichts. Nachdem sie diese Runde beendet hatten, kam der Wachhabende zu ihnen. „Sergio, der Nebel wird dichter, man kann kaum die Hand vor Augen sehen". „Wird er auf das Anwesen kommen"? Ja, antwortete Manuel. Gut, erwiderte Sergio. Der Braune Kater ging in den Park und warnte die Wachen in den Baumhäusern. Der Nebel erreichte den Park und hüllte ihn ein. Unsichtbare Gestalten gelangten über Leitern unbemerkt auf die Mauer und von dort mit Leitern in das Innere des Anwesens. Miss Leika und der Commandante huschten Leiter tragend Richtung Haus. Durch den dichten Nebel sahen sie ein Tier aus dem Haus kommen und blieben stehen. Patty Lomes zögerte nicht lange, zielte mit ihrem Blasrohr und schickte das Tier in das Reich der Träume. Etwa drei Minuten später erreichte der kleine Trupp das Dach. Spezialagentin Bracale sah eine offene Dachluke, ging in die Knie und schaute in den Raum. Sie sah zwei Tiere, die gähnend vor ihrem Essen saßen und lustlos kauten. Miss Leika kniete sich neben sie. Die schauen müde aus, meinte sie. Dann sollten wir sie schlafen schicken, erwiderte die Spezialagentin. Kurze Zeit später sackten die Tiere in sich zusammen und schliefen. So weit, so gut, dachte Miss Leika und seilte sich als erste ab. Kaum hatte sie den Boden erreicht, schlich sie zur Tür, öffnete sie kurz, schaute hinaus und gab das verabredete Zeichen. Die anderen, die nach und nach in den Raum gelangten, stellten sich hinter sie. Von unten hörten sie laute schreie, Fenster gingen zu Bruch und Panik brach aus. Miss Leika drehte sich um. „Das ist unser Zeichen, Leutnant Cooper. Meine Damen, jetzt räumen wir das Haus von oben nach unten auf". Leutnant Cooper sah seine Soldaten an. „Ihr wisst, was zu tun ist". Ein stummes nicken war die Antwort. Miss Leika ging voran. Man schaute in jedes der vier Zimmer, die allesamt leer waren. „Dann hatte Rufus recht, wir treffen erst im zweiten Stock eventuell auf etwas widerstand, Commandante". „Ja Miss Leika, dass macht es uns einfacher und wie man hört, sind sie im Erdgeschoß voll beschäftigt. Das wird sie ablenken und wir haben mit weniger Widerstand zu rechnen". „Sehe ich genauso Commandante". Miss Leika drehte sich um. „Leutnant Cooper, wie wäre es, wenn sie unsere Leute unterstützen und einen Überraschungsangriff starten". „Wenn sie ohne uns zurechtkommen, halte ich das für eine hervorragende Idee, Miss Leika". Der Dalmatiner gab seinen Soldaten ein Zeichen und folgte Miss Leika ins Erdgeschoß. Da ihnen niemand mehr begegnete, trennte man sich. Terry Lomes ging zum Major. „Die Baumhäuser sind eingenommen, jetzt sollten wir beginnen, das Haus mit Pfeilen zu beschießen und dabei viel Lärm machen". „Ja Mister Lomes, versetzten wir die mal in Panik und schauen, wie lange es dauert, bis sie aufgeben". „Sobald die merken, dass das Telefon nicht mehr funktioniert und keine Verstärkung kommt, um ihnen zu helfen, geben sie auf Major Bradley". „Da haben sie wohl recht, Doktor Watts". Kurz darauf flogen die ersten Pfeile und Panik brach im Gebäude aus. Pfeilhagel auf Pfeilhagel flog durch die Fenster. Das Sirren der Pfeile und das klirren der berstenden Fensterscheiben vergrößerte die Panik. Sergio versuchte etwas Ordnung in das

Chaos zu bekommen. Er schrie Befehle, die nicht wahrgenommen wurden. Er rannte zum Telefon, um Verstärkung zu holen und bemerkte, dass die Telefonleitung Tod war. Panik stieg in ihm auf. Aus den Augenwinkeln sah er einen Soldaten der ein Blasrohr in den Händen hielt, danach wurde es Dunkel um ihn herum. Leutnant Cooper gab das Zeichen und seine Soldaten schossen Pfeile in den Raum. Kurz darauf ergab sich die Bande und der Leutnant gab dem Major ein Zeichen. Kurz darauf betraten Terry Lomes, der Doktor, der Major und seinen Soldaten das Gebäude und sicherten es. Miss Leika schlich die Kellertreppe hinunter. Kein Tier war zu sehen, was sie einerseits beruhigte, anderseits aber beunruhigte. Sie fragte sich, ob ihre Schwester noch am Leben war. Sie erreichten den Keller, auch hier war keine Wache zu sehen. „Das ist eigenartig, Miss Leika. Wieso stellen die keine Wachen vor die Türen". „Da haben sie wohl recht Spezialagentin Bracale, das ist nicht normal. Vielleicht haben sie bei den Gefangenen, Wachen postiert, weil sie sich sicher sind, das niemand auf das Anwesen gelangt". „Miss Leika, wir sollten in zweier Teams, Raum für Raum durchsuchen, dass erspart uns Zeit, falls doch noch jemand in den Keller kommt". „Ja Patty, so machen wir es".

In den ersten beiden, von acht Räumen, war kein Tier. Miss Leikas Anspannung stieg. Sie versuchte sich zu konzentrieren, schob alle Bedenken bei Seite, denn Fehler könnten jetzt tödlich sein, für sie selbst und ihre Mitstreiterinnen. Oben wurde es plötzlich still. Im dritten und vierten Raum war auch niemand. Im fünften Raum saßen vier Tiere gefesselt und geknebelt. Miss Leikas Schwester war nicht dabei. Im sechsten Raum saßen zwei Gefangene, einen davon kannte Miss Leika, die zweite Gefangene war ein Kind. „Mica, du lebst". „Ja Andy, und ich bin froh, dass du auch lebst". Der Commandante betrat mit Patty Lomes den Raum. „Miss Leika, die letzten beiden Räume waren leer. Weder Wachen noch Gefangene". „Danke Commandante. Andy, wo ist Polly"? „Mica, Polly ist nicht mehr hier, die haben sie und unsere Tochter Ines mitgenommen. Sie sagten, wenn unsere Kinder am Leben bleiben sollen, muss Polly Prinz Ahmad töten". „Ihr habt Kinder, Andy"? Mica, das ist deine Nichte Mica, die wir nach dir benannt haben". Miss Leika war sprachlos. Tränen rannen über ihr Gesicht. Terry Lomes betrat mit Doktor Watts den Raum. Er sah Miss Leika an und schwieg. Miss Leika nahm ihre Nichte in die Arme und drückte sie an sich.

Mister Lomes, Doktor Watts, darf ich ihnen meine Nichte Mica und ihren Vater Andy vorstellen". „Wo ist ihre Schwester, Miss Leika"? „Die haben sie nach Antabar gebracht, sie soll den Prinzen töten, Mister Lomes und als Druckmittel haben sie ihre andere Tochter dabei". Terry Lomes sah sich um. „Sonst waren keine Gefangenen hier, Andy"? „Nein, Mister Lomes. Wir waren die ganze Zeit zu viert". Terry Lomes nickte nachdenklich. „Andy, hat man ihr gesagt, warum sie den Prinzen Töten soll"? „Nein, Mister Lomes". Mica schaute Miss Leika an. „Tante Leika, ich habe gehört, wie eine Frau zu Mama gesagt hat, dass sie endlich Rache nehmen kann". „Wann war das, Mica". „Als sie Papa zum Verhör geholt hatten, kam eine Frau in den Raum schlug Mama ins Gesicht und sagte, dass sie endlich Rache nehmen kann". „Was hat diese Frau noch gesagt"? „Ich habe lange nach dir suchen müssen und dich nur durch einen Zufall gefunden. Deine Schwester hat den Anschlag nicht überlebt, das hat mir Rufus geschworen, bei dir war er sich nicht sicher, denn deine Leiche war verschwunden. Dann ging die Frau wieder und hat gelacht dabei. Ich hab Mama gefragt, wer die Frau ist. Sie sagte, dass sie nicht wüsste, wer diese Frau ist. Mama sagte zu Ines und mir, dass alles gut wird". „Wie hat denn diese Frau ausgesehen, Mica". „Sie ist ein Reh, sehr elegant gekleidet, die Schuhe waren mit Sicherheit sehr teuer". „Warum denkst du, dass die Schuhe teuer waren". „Mama, Ines und ich waren in Liverpool bummeln, ich und Ines sahen in einem Schaufenster die gleichen Schuhe. Mama sagte, dass wir uns so etwas nie leisten können, denn so etwas trägt nur der Adel". „Danke Mica, du hast uns sehr geholfen". Mica lächelte Miss Leika an. „Doktor Watts untersuchte die beiden. „Ihnen fehlt nichts, Lomes. Ich schau mal nach den anderen Gefangenen". Terry Lomes nickte nachdenklich. Andy, haben sie vielleicht mitbekommen, ob ein Lord Greenwood sich hier im Anwesen aufgehalten hat". „Nein, ich habe ihn nicht gesehen, das muss aber nichts heißen, denn es kamen auch Vermummte Tiere zu uns, stellten uns Fragen und gingen wieder". „Was waren das für Fragen, Andy"? „Völlig belanglose Fragen. Wann wir das letzte Mal in Schottland waren, ob wir noch für einen Geheimdienst arbeiten, oder ob wir Kontakt zu Scotland Yard haben. All diese Fragen waren seltsam, weil wir sie alle mit nein beantworten haben. Mister Lomes, Molly und ich beschlossen damals, die Chance zu nutzen um alles hinter uns zu lassen und neu anzufangen.

129

Wir wollten ein Bürgerliches Leben, haben unsere alten Identitäten hinter uns gelassen und einen Neuanfang gemacht". „Ich nehme an, dass sie die Namen geändert haben"? „Ja, wir haben unsere Familiennamen angenommen und geheiratet". „Danke Andy. Wenn es ihnen recht ist, wohnen sie vorläufig bei uns". „Gerne, Mister Lomes". Dann brechen wir mal auf, Miss Leika. Wir haben noch viel zu tun".

Vergangenheiten

Auf der Fahrt mit dem Luftschiff von Liverpool nach London grübelte Terry Lomes. Er war so in seine Gedanken vertieft, dass er sogar vergaß, seine Tasse Earl Grey zu trinken und den Kuchen zu Essen, die links neben ihm auf einem kleinen Beistelltisch standen. Was ist los Mister Lomes, fragte Miss Leika und setzte sich neben ihn. Er schaute sie erstaunt an. „Entschuldigen sie bitte Miss Leika, ich habe gar nicht bemerkt, dass sie sich neben mich gesetzt haben". „Das habe ich bemerkt, Mister Lomes. Was bedrückt sie, raus mit der Sprache". „Miss Leika, ich überlege, wer und vor allen Dingen, warum man ihrer Familie schaden will". Ich weiß es nicht, Mister Lomes.

Ich habe auch schon überlegt, bin alle Fälle, die mich und Molly betreffen, durchgegangen, habe aber keine Verbindung gefunden. Wir operierten immer im Geheimen, niemand kannte unsere wahre Identität". Terry Lomes nickte zustimmend. „Richtig, Miss Leika, deshalb sollten wir weiter zurückgehen". „Wie meinen sie das Mister Lomes. Wie weit sollten wir denn zurückgehen"? „Miss Leika, sie erwähnten einmal, dass ihre Eltern bei Scotland Yard gearbeitet haben. Vielleicht finden wir dort das wahre Motiv. Was war der letzte Fall, den ihre Eltern gemeinsam bearbeiteten"? Miss Leika schloss ihre Augen, tränen rannen über ihr Gesicht. „Scotland Yard schickte uns in das öde Schottische Hinterland, genauer gesagt, auf das Anwesen von Lord Greenwood. Da meine Eltern damals die besten Ermittler bei Scotland Yard waren, gemeinsam jeden Fall lösten, und die Sommerferien gerade begonnen hatten, blieb ihnen nichts anderes übrig, als uns mitzunehmen. Dieser Fall war speziell, Mister Lomes. Es gab vier Morde auf dem Anwesen der Greenwoods, die wirklich unheimlich waren. vier Professoren, die Namen weiß ich allerdings nicht mehr, wurden auf merkwürdige Weise getötet. Vater nannte es den Afrikanischen Tod. Fragen sie mich nicht, was mein Vater damit meinte". „Was waren das denn für Professoren und warum waren sie bei Lord Greenwood? Waren das zufällig Archäologen, die der Lord eingeladen hatte, um sich über Antabar auszutauschen"? „In der Tat, Mister Lomes. Lord Greenwood hatte sechs Professoren eingeladen, von denen nur zwei überlebten. Mein Vater sagte zu Lord Greenwood, dass er kurz davorstand, die Mordfälle zu lösen und die Täter zu überführen. An diesem Abend, mein Vater hatte vorher seinen Vorgesetzten über die Ergebnisse informiert und ihm mitgeteilt, wer die Täter waren, machten wir, wie jeden Abend, einen Familienspaziergang, als ein Pfeil meinen Vater mitten ins Herz traf und die nächsten Pfeile meine Mutter, Molly und mich nur leicht verletzten. Am nächsten Tag fuhren wir nach London zurück. Das eigenartige ist, das der Fall zu den Akten für ungelöste Mordfälle gelegt wurde und meine Mutter zwei Wochen später bei Scotland Yard entlassen wurde. Ich denke, sie trat wohl einigen Tieren bei Scotland Yard auf die Füße. Danach arbeitete sie für Interpol und zeigte Molly und mir, wie man verdeckt ermittelt, was unseren Lebensweg maßgeblich beeinflusste". „Miss Leika, ich nehme an, dass sie nie aufgehört hat, den Mord an ihrem Vater aufzuklären". „Ja,

Mister Lomes, obwohl ich glaube, dass sie genau wusste, wer all die Morde begangen hat, denn ich kann mir nicht vorstellen, dass Vater ihr es nicht gesagt hat. Mister Lomes, ich denke, dass man alle Beweise verschwinden ließ und sie niemals eine wirkliche Chance hatte, diese Morde bleiben wohl ungesühnt". „Miss Leika, ich denke, dass das genau der Punkt ist, bei dem ich mir sicher bin, dass jemand vom Gegenteil überzeugt ist. Ich werde morgen mit Sir Mortimer sprechen und um Akteneinsicht bitten. Miss Leika, Antabar und die Suche nach dem Todeslabyrinth, die Morde auf dem Anwesen der Greenwoods, die Versuche sie zu töten, die Entführung von Prinz Ahmad und der Professoren, führen uns immer wieder zum Ausgangspunkt, Lord Greenwood". „Miss Leika, wie starb ihre Mutter? „Im Einsatz für Interpol. Wie und wo kann ich ihnen nicht sagen, Mister Lomes. Unser Vorgesetzter teilte uns nur ihren Tod mit, die Todesumstände unterlagen wohl der Geheimhaltung". Terry Lomes nickte. Hinter den beiden begann Doktor Watts zu schnarchen. „Ich denke, wir sollten auch ein wenig Schlafen, Miss Leika. Aber vorher werde ich noch meine kalte Tasse Tee trinken und den Kuchen genießen". „Soll ich ihnen eine heiße Tasse Tee holen, Mister

Lomes"? „Nein, Miss Leika, das ist nicht nötig. Kalt kann man Earl Grey auch genießen. Ach, Miss Leika, bevor ich es vergesse. Wie hieß ihr Vater"? „Bruce Hetfield, er war damals Inspektor. Man nannte meine Eltern damals nur die Inspektoren, was ja auch zutraf". Terry Lomes nickte und trank einen Schluck Tee.

Vorbereitungen

Kaum war man in London gelandet, fuhren Terry Lomes und Doktor Watts mit einem Taxi zu Sir Mortimer. „Guten Morgen die Herren, was kann ich für sie tun"? „Sir Mortimer, wir benötigen ihre Hilfe. Könnten sie uns ein paar alte Fälle, die unter Umständen versiegelt sein könnten, zur Einsicht überlassen. Diese Fälle stehen, meiner Meinung nach, im Zusammenhang mit den derzeitigen und früheren, ungeklärten Ereignissen". „Um welche Fälle handelt es sich, Mister Lomes"? „Inspektor Bruce Hetfields Fälle, Sir Mortimer". „Moment bitte, Mister Lomes. Soweit ich mich erinnere, wurde dieser Inspektor auf dem Anwesen von Lord Greenwood getötet". „Ja, Sir Mortimer, das ist korrekt". „Aber das ist ja schon viele Jahre her, was hat das mit den heutigen Ereignissen zu tun".

„Sir Mortimer, Inspektor Hetfield war der Vater von Miss Leika und ihrer Schwester Molly, die wir leider nicht finden konnten, da sie sich auch in der Hand der Entführer von Sir Parzival, Prinz Ahmad und der Professoren, befindet. Wenn ich mich nicht irre Sir Mortimer, befindet sich ein Teil der Lösung, in den Fällen von Inspektor Hetfield und seiner Frau Julia". „Gut, Mister Lomes, dann folgen sie mir bitte ins Archiv". Etwa 20 Minuten später begannen Terry Lomes und der Doktor die Akten zu studieren. Die letzten drei Fälle brachten den Durchbruch. Doktor Watts lehnte sich zurück. „Jeder dieser drei Fälle hängt direkt oder indirekt mit den Greenwoods zusammen, Lomes". Terry Lomes stand auf und streckte sich. „Watts, da wir jetzt wissen, mit wem wir es zu tun haben und wo wir ansetzten müssen, werden wir jetzt erst mal Sir Mortimer informieren, dann ein reichhaltiges Frühstück genießen und dann die Vorbereitungen für Antabar treffen. Das Todeslabyrinth wird eine Tödliche Herausforderung, so viel ist sicher, wenn ich das mal so sagen darf". „Lomes, ist nicht jeder Fall, in den wir verwickelt sind, auf irgendeine Art und weise eine Tödliche Herausforderung". „Da kann ich ihnen nur zustimmen, Watts". Etwa 40 Minuten später betraten der Doktor, Terry Lomes

Inspektor Reinhard und Sir Mortimer den Park
in Terry Lomes Haus. „Das, mmh, duftet köstlich,
meine Damen. Wenn mich nicht alles täuscht,
ist das ein italienisches Frühstück". „Aber ja doch
Doktor Watts. Das ist ein Frühstück nach Art des
Hauses Bracale. Lassen sie es sich guttun".
„Danke Rosalba, das werde ich". Der Doktor roch
den Duft des frischen Ciabatta Brotes, setzte
sich und ließ es sich schmecken. „General, haben
sie alles vorbereitet, was wir besprochen haben"?
„Ja, Mister Lomes. Eine Vorhut befindet sich in
Antabar. Ich habe uns bei Tolom Tei angemeldet
und ihm gesagt, dass unser Aufenthalt nur von
kurzer Dauer sein wird. Da ich Tolom Tei nicht
über den Weg traue, haben Spezialagent Mihok,
der Kommissario und Spezialagentin Bernadoni
einen Plan entwickelt, der ihnen gefallen wird,
Mister Lomes". „Das hört sich gut an General.
Nach dem Frühstück werden wir alle im Kleinen
Salon versammeln, Neuigkeiten austauschen,
und uns aufteilen, denn einige werden hier in
London, gemeinsam mit Scotland Yard, diese
äußerst gefährliche Verbrecherbande Dingfest
machen". „Mister Lomes, ich habe mit dem König
gesprochen und er ist damit einverstanden, dass
alle, die an diesem Unternehmen mit Arbeiten, in

der Botschaft wohnen und unter dem Schutz des Afrikanischen Königreiches stehen. Ich habe mit meinem Bruder telefoniert und um Verstärkung gebeten. Sie wissen ja, dass er verantwortlich ist, für alle Botschaften weltweit. Die Verstärkung ist heute Morgen gegen acht Uhr eingetroffen". „So schnell, General? Wie hat er denn das gemacht"? „Er hat aus Deutschland und Frankreich Personal abgezogen, um vorübergehend in England für Sicherheit zu sorgen". „Das hört sich gut an, und ist auch nötig, General". Major Bradley betrat den Park und ging zu Terry Lomes. „General, dass ist Major Bradley". „Ich weiß, Mister Lomes. Wir beide hatten schon ein paar Mal das Vergnügen, und ich habe die Fähigkeiten des Majors kennen und schätzengelernt". „Das kann ich meinerseits genauso zurückgeben, General". „Dann lass ich sie beide mal allein. Ich werde kurz mit Doktor Watts über seine Patientin sprechen und fragen, ob die Spezialagentin einsatzfähig ist, und uns nach Antabar begleiten kann". Nachdem Terry Lomes mit Doktor Watts gesprochen hatte, zog er sich in den kleinen Salon zurück, wo er auf Vanessa Bracale traf, die ein Notizbuch in ihren Händen hielt und darin las. „Ich hoffe, ich störe sie nicht, Vanessa". „Aber nein, Mister Lomes.

Ich gehe nur meine Notizen zu Antabar durch". „Das hört sich interessant an, Vanessa". „Oh, ist es Mister Lomes. Diese Kultur verbindet Bild und Wortsprache, was nicht nur philosophisch ist, es kann auch verwirrend sein, wenn man den Sinn, also die tatsächliche Bedeutung nicht erkennt, da war sich Professor Rütli sicher. Der Professor ist mein Mentor, was aber niemand wissen sollte, da er der Meinung war, dass das gefährlich sei für mich". Terry Lomes nickte nachdenklich. Er ging in sich, stopfte sich eine Pfeife, entzündete den Tabak und schaute Vanessa Bracale an. Er ließ seinen Gedanken freien Lauf. „Vanessa, sie haben recht, die Sprache dieses Volkes ist oft zweideutig. Er holte die Notizbücher die er in einen Schrank im kleinen Salon gelegt hatte und setzte sich neben Vanessa Bracale. „Wie würden sie dieses Zeichen deuten". „Dieses Zeichen kann darauf hindeuten, dass an diesem Ort der König der Welt gekrönt wird". „Ja, wenn man sich nicht mit der philosophischen Doppeldeutigkeit dieser wunderbaren Sprache auseinandergesetzt hat. Das kann einen dann dazu verleiten, sich in die Irre führen zu lassen und das wäre fatal für alle, die das Todeslabyrinth betreten". „Sehe ich genau so, Mister Lomes und ich würde sie gerne vor Ort

unterstützen, wenn das möglich ist". Vanessa, das
dieses Unterfangen tödlich enden kann, ist ihnen
hoffentlich bewusst". „Ja, Mister Lomes, das ist
mir voll und ganz bewusst". „Gut, ihre Schwestern
werden nicht gerade begeistert sein, aber sie sind
eine echte Verstärkung". Kurz darauf füllte sich
der kleine Salon. Es wurden Pläne besprochen
und Aufgaben verteilt und jedem wurde klar, dass
die nächsten Tage sehr gefährlich sein würden.
Kurz darauf brach man nach Antabar auf.

Die Nashornbande

Doktor Watts setzte sich neben Terry Lomes.
„Sie sollten eine Kleinigkeit zu sich nehmen. Es ist
nicht gut, mit leerem Magen zu arbeiten, Lomes,
das wissen sie doch selbst". „Da haben sie wohl
recht Watts, eine kleine Pause kann nicht schaden
und der Hunger meldet sich auch". „Lomes, ist es
wirklich nötig, die ganze Zeit mit dem Studium
dieser Sprache zu verbringen"? „Watts, der Zufall
will gut vorbereitet sein, und besonders, wenn
man an einem Ort ist, an dem der Tod an jeder
Ecke lauert. Ein Zeichen falsch gedeutet und man
weilt nicht mehr unter den Lebenden". „Gut, dass
ist ein Argument Lomes, deshalb dürfen sie gerne

139

nach dem Essen weiterlesen". Etwa drei Stunden später bereitete sich das Luftschiff vor, in Ulumag, dem Gebiet der Nashornbande, zu landen. Kurz nach der Landung verließ der General als erster das Luftschiff. Tolom Tei und Toldor kamen ihm entgegen. „Hallo General Olligator, wie ist dein befinden heute"? „Warum so freundlich Tolom Tei? Führst du was im Schilde"? „Wie kommst du denn auf solche Ideen, General? Kann man denn nicht einmal mehr freundlich sein"? „Doch, aber bei dir ist dann Vorsicht geboten, weil es leider nicht deiner Wesensart entspricht". „Da hast du wohl recht, General. Aber sei versichert, ich führe nichts Unrechtes im Schilde" „Das hoffe ich doch Tolom Tei, denn das würdest du nicht überleben. Haben wir uns verstanden"? Der General stellte sich vor Tolom Tei und schaute ihn kampfbereit an. Seine Augen schienen das Nashorn auf der stelle Töten zu wollen. Tolom Tei fühlte sich auf einmal unwohl. Er wusste, das Olligatoren keine Gefangenen machten und das jeder Olligator es jederzeit mit fünf seiner besten Tiere aufnehmen konnte und der General es locker mit fünf seiner besten Olligatoren aufnehmen konnte. „Alles gut General. Wenn ich was für dich tun kann, lass es mich bitte wissen. Ah, welch seltener Anblick in meinem Reich. Mister Lomes, Miss Leika und der Doktor. Schön sie zu sehen, ist schon eine weile her, dass wir uns sahen". „Da haben sie wohl mit Sicherheit recht, Tolom Tei". „Was führt sie denn nach Afrika Mister Lomes, wenn ich das fragen darf"? „Sie dürfen, Tolom Tei. Wir besuchen den König". „General, sind das alle Passagiere"? „Was geht das dich an, Tolom Tei". „Unsere Vorschriften besagen, dass alle Passagiere sich bei uns melden und schriftlich eintragen müssen. „Wann hast du denn diese Vorschrift ins Leben gerufen"? „Erst vor kurzem, warum". Der General schüttelte mit dem Kopf. „Nun gut Tolom Tei, das sind alle, die sich bei uns im Luftschiff befanden". „Ich werde dann mal dein Luftschiff inspizieren, General". „Tolom Tei, jeder, der Versucht das Luftschiff zu betreten, wird es nicht überleben. Hast du, dass verstanden"? „Ja General. Dann lass ich euch mal allein". Tolom Tei und Toldor verließen den Platz und gingen in ihr Hauptquartier. „Der General wird unvorsichtig Toldor. Er transportiert so viel Gold und hat fast keine Olligatoren dabei. Das wird ein Spaziergang heute Nacht, Toldor. „Ich weiß nicht Tolom Tei, vielleicht ist das Ganze eine Falle". „Toldor, du als mein Stellvertreter solltest nicht an mir zweifeln, sondern mich unterstützen.

Toldor nickte stumm. Kurz darauf erreichten sie das Hauptquartier und bereiteten sich vor, denn der Überfall heute Nacht sollte schnell, effizient und geräuschlos von statten gehen. Das Gold im Luftschiff würde eine leichte Beute werden, da war sich Tolom Tai sicher. General Olligator sah sich um. „Mister Lomes, das riecht förmlich nach Ärger. „Da gebe ich ihnen recht General, man sah es Tolom Tai an". „Er wird nicht weit kommen, so viel ist sicher, Mister Lomes". Dann machen wir uns mal bereit General, denn die Sonne wird bald untergehen". Der General musste lachen. „Der wird sein blaues Wunder erleben, wenn ich mal etwas Farbe ins Spiel bringen darf, Mister Lomes". Etwa eine Stunde später ging die Sonne unter und es wurde stockfinster. Tolom Tei schlich lautlos durch die Nacht. Es wehte ein lauer Wind, Grillen zirpten und nur das Lagerfeuer erhellte schwach, die ansonsten tiefschwarze Nacht. „Er hat nur ein kleines Lagerfeuer und, wenn ich richtig zähle, drei Wachen. Toldor, was sage ich immer zu dir, Übermut kann tödlich sein. Das wird leichter als ich dachte". Tolom Tei klopfte kurz auf den Boden und robbte voran. Er hatte vierzig seiner besten Leute dabei, die ihm treu ergeben waren. Toldor ahnte, dass es eine Falle war, und er war sich sehr sicher, dass er heute sterben würde. Tolom Tei stand auf und feuerte drei Pfeile auf die Wachen, die, sobald sie getroffen wurden, lautlos zu Boden fielen und liegenblieben. Tolom Tai verlor jede Vorsicht, er stürmte, gefolgt von seinen Männern, Richtung Luftschiff und blieb abrupt stehen. Was ist, Tolom Tai"? „Das sind Attrappen Toldor". Er drehte sich um und sah, wie etwa zwanzig seiner Männer umfielen. Die nächsten zwanzig folgten ihnen und Tolom Tei fragte sich, was da vor sich ging. Er drehte sich um, schaute in das Antlitz des Generals und schloss mit seinem Leben ab. „Ich habe dich gewarnt, Tolom Tei, jetzt verlierst du dein Leben". Der General holte weit aus. Stopp, General, rief Terry Lomes, der plötzlich neben den beiden, aus der Dunkelheit auftauchte. „Was ist, Mister Lomes". „Töten sie ihn nicht, General". „Warum sollte ich ihn nicht töten, Mister Lomes? Er wusste, was er tat". „Sie haben recht, aber wir könnten seine Dienste in Anspruch nehmen. Das heißt, wenn er zustimmt". „Das, Mister Lomes, ist eine vorzügliche Idee". Tolom Tei, würdest du für uns arbeiten". „Ja, Mister Lomes. Ich gebe ihnen und dem General mein Ehrenwort". So soll es sein Tolom Tei, sagte der General, senkte sein Schwert und begann laut zu lachen. „Mister Lomes und seine grandiosen Einfälle. Das bringt uns ein paar Optionen mehr". „Sind meine Leute Tod, General Olligator"? „Nein, nur betäubt. Wir wollten ja mit Sicherheit kein Blutbad anrichten. Deine Leute können ja für deine Dummheit nichts, du schon". „Wir sollten schlafen gehen und Morgen früh, werden wir Tolom Tei über unser Vorhaben in Kenntnis setzen". „Dann bis morgen, Tolom Tei, sagte der General und verabschiedete sich. Kurz darauf standen der Commandante, Miss Leika, die Spezialagentinnen, Doktor Watts, Vanessa Bracale und Spezialagent Mihok neben Terry Lomes. „Der Plan ging auf, Mister Lomes". „Ja, und das ist gut so Commandante Muscogiuri, wir konnten keinen offenen Kampf riskieren, denn wir brauchen jeden einzelnen von uns in Antabar. Ich möchte allen für die hervorragende Arbeit die sie geleistet haben, danken. So, und jetzt sollten wir uns zur Ruhe begeben, denn wir brechen früh auf und sollten ausgeruht sein".

Molly Smith

Molly Smith schaute ihre Tochter Ines an. „Keine Angst, wir werden das hier Überleben". Die Angst war Ines ins Gesicht geschrieben. Tränen rannen aus ihren Augen. Ines nickte stumm und sah auf den Boden. Die Tür ging auf und Spaghetto betrat den Raum. Er stellte sich vor Molly Smith. „Soll ich dich Polly oder Molly nennen"? „Molly, wenn es keine Umstände macht". „Soll mir recht sein. In kürze bekommst du Besuch von jemandem, der dich lange gesucht hat. Es klopfte an der Tür. Ah, da sind sie schon". Spaghetto öffnete die Tür und trat zur Seite. Molly Smith schaute Richtung Tür und war erstaunt. Ein Reh betrat, gemeinsam mit einem Rehbock, den Raum und stellte sich direkt vor Molly Smith. „Nah, kennst du uns noch? Ist schon viele Jahre her meine liebe, aber es ist mir eine Ehre, dich zu sehen". „Ja, du bist Fiona, die Nichte von Lord Greenwood. Du warst damals bei den Greenwoods zu Gast, als mein Vater getötet wurde. Warte mal, du warst auch da. Du bist doch Samson, warte kurz, Samson Dolman, wenn ich mich nicht irre". „Du irrst dich nicht, meine liebe. Wir haben lange gebraucht, um dich zu finden". „Warum? Was habe ich euch getan"? „Zuerst ein Geständnis unsererseits deinen Vater betreffend, dessen Ermordung du mit ansehen musstest. Das war Fiona, ich hatte das Vergnügen, deine Mutter zu töten". Deine Eltern kamen uns auf die schliche und das konnten wir nicht zulassen. Sie machten nur einen Fehler, sie Informierten den Chef von Scotland Yard und der warnte seinen Bruder, also meinen Vater". „Warum habt ihr diese grausamen Morde begangen? Das verstehe ich nicht". „Fiona und ich träumten schon als Kinder davon die Welt zu beherrschen. Diese Archäologen kamen dem Geheimnis von Antabar zu nahe und wir waren noch zu jung und hatten keinen Einfluss, deshalb entschieden wir uns zu warten, bis ich Lord bin und meinen Einfluss für unsere Zwecke nutzen konnte. Wir wollten dich und deine Schwester damals schon töten, hat aber leider nicht sollen sein. Dann seid ihr verschwunden, keiner wusste, wo ihr seid. Als Geheimagentinnen habt ihr uns, unwissentlich, das Leben schwer gemacht und da haben wir euch wieder gefunden. Leider starb nur deine Schwester bei dem Anschlag und wir mussten dich erneut suchen". „Warum wolltet ihr meine Schwester und mich töten, wir haben doch nichts gemacht? Wir wussten doch nicht, dass ihr hinter den Morden steckt". „Wir dachten, das ihr von eurer Mutter die Wahrheit erfahren würdet und mussten euch deshalb töten. Liebe Polly, das gute ist, das du jetzt die Ehre hast, für uns Prinz Ahmad zu töten. Wie und wann, wirst du zu gegebener Zeit erfahren. Wenn du es nicht tust, wird deine Tochter Ines vor deinen Augen zu Tode kommen". Molly schaute ihre Tochter an und nickte stumm.

Antabar

Die Luftschiffe landeten etwa 5 Kilometer vom Todeslabyrinth entfernt. Leutnant Zich wartete schon auf sie. „General, Major Bradley wartet im provisorischem Lager auf sie. Oh, gut, sie haben die Nashornbande mitgebracht, dann sind wir nur etwa zehn zu eins unterlegen". Der General schaute ungläubig. „Zehn zu eins, das wird eine knifflige Angelegenheit, Leutnant Zich". „Das gute ist, dass es sich um keine Soldaten oder Söldner handelt, sondern um gewöhnliche Verbrecher. Die haben keine Kampferfahrung, das sollte uns zugutekommen, General". „Leutnant Zich, haben sie Prinz Ahmad gesehen"? „Ja General. Er und die anderen Gefangenen befinden sich im dritten Luftschiff und sind alle wohlauf". Terry Lomes und der Doktor gesellten sich zu den beiden. „Haben sie den Eingang zum Todeslabyrinth schon frei gelegt, Leutnant Zich"? „Fast, Mister Lomes. Es fehlt nicht mehr viel, aber vor morgen Mittag werden sie nicht fertig, denn wir Sabotieren so gut es geht die Arbeiten". „Dann sollten wir uns auf den Weg machen, General". Da stimme ich ihnen zu, Doktor Watts, erwiderte der General und man machte sich zum Aufbruch fertig. Terry Lomes lief neben Miss Leika. Er unterrichtete sie von den Ergebnissen der Nachforschungen über den Tod von Miss Leikas Vater. „Danke, Mister Lomes, dass sie mich darüber informieren. Mit diesem Ergebnis hätte ich nicht gerechnet. Die beiden waren damals sehr jung und wir hatten keinen Grund, sie zu verdächtigen. Ich nehme an, dass die beiden sich auch in Antabar befinden"? „Davon ist auszugehen, Miss Leika. Das Gute ist, dass man annimmt, dass sie Tod sind und dass können wir zu gegebener Zeit nutzen, um uns einen kleinen Vorteil zu verschaffen, Miss Leika. Wir müssen all unsere Sinne beisammenhalten, denn dass Todeslabyrinth hält mit Sicherheit ein paar tödliche Überraschungen für uns bereit". Miss Leika nickte nachdenklich. „Mister Lomes, ich hoffe, dass meine Schwester und ihre Tochter diesen Irrsinn schadlos überstehen. Ich würde eher sterben, als sie nochmals zu verlieren. Dass würde ich nicht verkraften. Tränen kullerten über ihr Gesicht. Sie wischte sie weg und begann, sich auf das bevorstehende zu fokussieren, denn ihr war klar, dass jede Unachtsamkeit, sei sie auch noch so gering, dass Scheitern der Mission und den Tod aller Beteiligten zur Folge haben könnte und das wollte sie nicht riskieren. Kurz bevor es dunkel wurde, traf man im provisorischen Lager ein und begann, einen Plan zu schmieden. Terry Lomes setzte sich neben Tolom Tei, der es sich auf dem Boden bequem gemacht hatte. „Darf ich sie etwas Fragen, Tolom Tai"? „Selbstverständlich, Mister Lomes". „Warum wollten sie uns Töten? War es ein Auftrag"? „Nein, Mister Lomes. Man sagte mir, dass der General eine Große Menge Gold im Luftschiff transportiert und das es ein leichtes sein würde, es zu rauben, da der General kaum Olligatoren zum Schutz des Goldes dabei haben würde, da er es nicht für nötig hielt". „Wer lies ihnen diese Fehlinformation zukommen"? „Er nennt sich Spaghetto, Mister Lomes. Die Frage die sich mir nun stellt, Mister Lomes lautet, warum? Was wollte man damit bezwecken? Wer wollte mich und meine Tiere Tod sehen? Ich verstehe es nicht, Mister Lomes". „Das kann ich ihnen sagen, Tolom Tai. Man wollte keine Mitwisser und sie wären ein unkalkulierbares Risiko gewesen, dass man lieber Tod als lebendig gesehen hat. Das alles ist von langer Hand geplant worden, Tolom Tai".

Tolom Tai nickte stumm. „Ich möchte ihnen dank sagen, dass sie mir mein Leben gerettet haben, Mister Lomes, obwohl ich es nicht verdient habe. Allein für meine ignorante Dummheit hätte mich der General töten müssen". „Tolom Tei, niemand von uns ist fehlerfrei. Sie sollten nicht so hart mit sich ins Gericht gehen". „Doch, Mister Lomes. Ich trage die Verantwortung für meine Leute und ich hätte sie fast in den Tod geführt. Man vertraut mir und meinem Urteilsvermögen und das hat mich in diesem Fall im Stich gelassen. Ich weiß nicht, was in mich gefahren ist". „Haben sie schon mal in Betracht gezogen, für den König zu Arbeiten"? „Nein, Mister Lomes. Wissen sie, mir war meine Unabhängigkeit immer sehr wichtig. Im Dienste des Königs zu stehen würde bedeuten, dass ich dann ein Befehlsempfänger wäre und meine, mir wichtige, Freiheit verlieren würde. Also nein, ich bleibe unabhängig". „Ich verstehe sie nur zu gut, Tolom Tei. Auch mir ist meine Unabhängigkeit sehr wichtig". Tolom Tei nickte und begann leise zu lachen. „Die Freiheit unabhängig zu sein, liegt uns wohl beiden im Blut, Mister Lomes. Mögen wir auch noch so verschieden sein, dass vereint uns, soviel ist sicher". „Wo sie recht haben, haben sie recht, Tolom Tei". Ein Nicken war die Antwort.

Sir Mortimer

Sir Mortimer Hucksley wachte auf und weckte seine Frau Emely. „Steh bitte auf, es ist jemand im Haus". „Bist du dir sicher, Mortimer"? Ein leises Rumpeln war von unten zu hören. Emely nickte. Die Collie Hündin holte ihr Schwert, das neben dem Nachttisch stand. „Die können was erleben Mortimer, das kann ich dir sagen". Sir Mortimer schlich zur Tür und öffnete sie leise. Er schaute in den Gang und sah zwei Schatten die Treppe hochkommen. Er blieb stehen und beobachtete die Szenerie. Zwei weitere Schatten folgten und blieben stehen. Von unten wurden wohl Befehle geflüstert. Was ist, fragte seine Frau. „Emely, es sind mindestens fünf Tiere, vielleicht auch mehr. Wir haben den Vorteil, dass wir uns in unserem Haus auskennen und die nicht. Ruf du bitte bei Inspektor Reinhard an, ich behalte die Situation so lange im Auge". „Mach ich und dann sollten wir sie Angreifen, Mortimer". Der Rottweiler konnte sich ein leises Lachen nicht verkneifen. Er wusste, zu was seine Frau fähig war. Kurz nachdem Emely Hucksley den Anruf beendet hatte, betraten zwei Maskierte den Gang. „Es ist so weit Emely, wenn wir jetzt zuschlagen, werden wir leichtes Spiel mit

den ersten beiden haben". Sir Mortimer riss die
Tür auf und stürmte, gefolgt von seiner Frau, dem
ersten Maskierten entgegen und schlug ihn mit
einem Faustschlag nieder. Emely Hucksley rannte
links an ihrem Mann vorbei, holte aus und schlug
dem Maskierten Einbrecher sein Schwert aus der
Hand und traf ihn mit ihrem Schwertknauf voll am
ungeschützten Kinn. Der Maskierte röchelte kurz
und brach zusammen. Im nächsten Moment sah
Sir Mortimer zwei weitere Maskierte in den Gang
Rennen, verwickelte einen in einen Nahkampf,
der zweite bekam es mit seiner Frau zu tun, die
ihn vor sich her trieb. Sir Mortimer war seinem
Gegner überlegen. Er lenkte ihn zur Treppe, wo
der fünfte Maskierte wartete. Sir Mortimer trat
seinem Gegner gegen das Schienbein und stieß
ihn die Treppe hinunter. Der Maskierte hatte so
viel Schwung, dass er die ersten vier Stufen hinab
flog und den fünften Maskierten mitriss und ihn
unter sich begrub. Emely Hucksleys Schwerthiebe
waren hart und gezielt. Ihr Gegner hatte nicht die
geringste Chance und sie genoss es. Geschickt
wich sie einem Schwertstreich aus und stach ihm
dann ins Bein. Der Maskierte fiel zu Boden und
hielt sich schreiend sein verletztes Bein. Einen
Moment später standen Sir Mortimer und Lady

Emely neben den beiden Maskierten, die nicht bei Bewusstsein waren und zogen ihnen ihre Masken vom Gesicht. „Lord Angus Greenwood. Warum überrascht mich das nicht, Emely". Von der Küche kamen drei Pfeile geflogen und blieben in der Wand, links neben Sir Mortimer, stecken. Die Hucksleys ließen sich zu Boden fallen und rollten sich aus der Gefahrenzone. Sir Mortimer umfasste dabei die Hüften seiner Frau. „Nicht so stürmisch mein lieber, es sind noch Gäste im Haus die unserer Aufmerksamkeit bedürfen". „Du hast wie immer recht, meine liebe. Wie gehen wir es an, Emely"? Du lenkst sie ab und ich werde sie überraschen". „Gute Idee Emely. Die Geheimtür zur Küche, damit rechnet keiner von denen, soviel ist sicher". Sir Mortimer holte sich seinen Bogen und den Köcher mit den Pfeilen und schickte den ersten Pfeil auf die Reise. Lady Emely schlich sich zum Großen Salon, dann in ein Gästezimmer und schließlich in das Speisezimmer. Dort betätigte sie einen Schalter, der in einem Regal versteckt war. Die Wand öffnete sich langsam und gab den Blick in die Küche frei. Lady Emely griff ihr Schwert so fest es ging, atmete tief durch und stürmte in die Küche. Dem ersten Maskierten stach sie in den Oberarm und schlug ihm mit der Faust ins Gesicht und brachte ihn so zu Fall. Der zweite Maskierte schlug ihr das Schwert aus der Hand und rannte auf sie zu. Lady Emely sah die Bratpfanne, ließ ihn ins Leere laufen und schlug mit der Bratpfanne zu. Sir Mortimer nutzte die Verwirrung und stürmte in die Küche. Er riss den dritten Maskierten mit zu Boden und schlug auf ihn ein. Lady Emely schlug nochmal mit der Bratpfanne zu und schaute nach ihrem Mann, der mittlerweile Herr der Lage war. Kurz darauf stürmte Inspektor Reinhard mit zehn Polizisten in das Haus. „Oh, wie ich sehe, haben sie beide alles unter Kontrolle". Er musste lachen, als er Lady Emely anschaute, die im weiß- rosa Nachthemd, weißer Schlafhaube und einer etwas zerbeulten Bratpfanne, dastand und zufrieden zu sein schien. „Das Training mit Miss Leika macht sich bezahlt, Mortimer". Ja, da hast du wohl recht meine liebe. Das ist deutlich zu sehen". Er musste lachen. Mit der Bratpfanne, das muss dir erst mal einfallen". Miss Leika sagt uns immer wieder, dass die Art der Waffe nicht relevant ist, sondern dass Ergebnis". Sir Mortimer nickte zustimmend und man begann, die Maskierten zu fesseln und zu Scotland Yard zu bringen. „Inspektor Reinhard, wir sollten in der Botschaft anrufen und sie vor einem Angriff warnen, denn ich fürchte, dass es genau so kommt. Man wird versuchen, alle die ihnen gefährlich werden könnten, zu töten". „Da gebe ich ihnen recht, Sir Mortimer. Ich habe mir erlaubt, einen Trupp losgeschickt, um die Lage zu erkunden". „Ich denke, ich werde mich umkleiden und mit ihnen zur Botschaft fahren, Inspektor".

Angriff um Mitternacht.

Constable Amy Underwood ging in die Küche, in der Rosalba und Francesca Bracale kochten. „Sie können wohl auch nicht schlafen meine Damen. Dann werde ich mich zu ihnen gesellen, wenn es sie nicht stört". „Selbstverständlich, gerne. Wenn sie möchten, Constable Underwood, können sie mit uns eine Kleinigkeit Essen". „Was gibt es denn gutes, Rosalba"? „Spaghetti a la Bracale". „Dass hört sich gut an". „Schmeckt auch gut, so viel ist sicher, Constable". Nennen sie mich bitte Amy, Constable ist zu förmlich, entgegnete die Füchsin und lächelte. Der Duft der Soße breitete sich im Botschaftsgebäude aus und innerhalb von fünf Minuten füllte sich die Küche. Dieser Duft, mmh, bedeutet Heimat, sagte Mauro Mare und begann zu strahlen. Seine Frau Loretta und ihre Tochter Isabel gingen den Schwestern Bracale zur Hand.

Sie begannen den Salat zu waschen und den Käse zu Reiben. Luisa Mare, ihre Tochter Lara und der Constable deckten den Tisch. Mauro Mare, sein Sohn Giovanni und Dominique holten Getränke und man begann zu Essen, zu Reden sang Lieder und gab sich der fröhlichen Stimmung hin. Es war, als feierte eine italienische Großfamilie. Jim und Toto gesellte sich dazu, genossen die Spaghetti a la Bracale und vergaßen für eine kurze Zeit die Ereignisse der Vergangenen Monate. Leutnant Hailey Olligator saß mit Doktor Mia Scott und Leutnant Rose Olligator in den Räumlichkeiten des Wachhabenden Offiziers und tranken Tee. „Ich habe ein ungutes Gefühl Rose. Irgendetwas in mir kann die Gefahr förmlich spüren". „Ja, geht mir genau so, Hailey. Was sagte General James während unserer Ausbildung immer zu uns? Das Bauchgefühl ist wie das Läuten der Alarmglocken vor dem beginnenden Sturm. Nutze die Zeit und bereite dich vor". „Ihr solltet auf euren Instinkt hören, denn der ist bei euch beiden ausgeprägter als bei manch anderem. Also ich werde mich jetzt auf den Weg in die Krankenstation machen und mich auf alle Eventualitäten vorbereiten. Man kann ja nie wissen, was auf einen zukommt und mein Gefühl sagt, das es nichts Gutes ist, wenn ich, dass mal so sagen darf". Die Tigerin stand auf und verließ die Räumlichkeiten. Auf ihrem Weg kam sie an der Küche vorbei und staunte. Was für eine Lebenslust die Italiener in sich tragen. Das ist schon bewundernswert, dachte die Tigerin und setzte ihren Weg fort. Zur selben Zeit begann in den Räumlichkeiten des Wachhabenden das Telefon zu läuten. „Leutnant Hailey, was kann ich für sie tun. Oh, hallo Inspektor Reinhard. Was sagen sie, ein Angriff auf Sir Mortimer und seine Frau. Danke für die Warnung. Bis gleich. Rose, ich denke, wir sollten alle warnen und uns auf den Weg machen, um die Angreifer gebührend zu Empfangen". „Ich übernehme das Telefon und du sorgst für die Überraschung". Dass Telefon in der Küche begann zu läuten. Rosalba, die in der Nähe stand, nahm den Telefonhörer. „Der Constable ist hier, einen Moment bitte. Amy, für dich". „Danke Rosalba. „In Ordnung Leutnant Rose. Ja, mach ich sofort. Bis gleich". In diesem Augenblick flogen die ersten Pfeile durch das Küchenfenster und trafen Rosalba, die mit dem Rücken zum Fenster stand. Sie fiel sofort um. Auf den Boden, sofort, schrie Constable Underwood und kümmerte sich um Rosalba. „Francesca, komm sofort zu mir. Sei aber bitte vorsichtig. Deine Schwester ist verletzt.

Sie muss sofort zu Doktor Scott. Mauro Mare robbte sich langsam zu Constable Underwood vor und schaute sich um. Es folgte Pfeil um Pfeil. „Wie geht es Rosalba"? „Schlecht Mauro, sie ist schwer verletzt und braucht dringend Ärztliche Hilfe". „Gut, ich glaube, ich habe eine Idee, wie wir diese Situation entschärfen. Dominique, Jim, Pasquale, Toto, wir machen die Fenster mit den Tischen dicht, rief er. Ihr wisst, was ich meine. Er robbte an Francesca vorbei, die nur noch drei Meter von ihrer Schwester entfernt war und die Blutlache auf dem Boden sah, die ständig größer wurde. Drei Minuten später waren die Fenster notdürftig verschlossen und kein Pfeil drang mehr in die Küche. Constable Underwood stand auf. „ „Ich hole die Ärztin, die soll entscheiden, was wir machen". Es dauerte nicht lange und Doktor Scott kniete neben Rosalba. „Wir müssen sie irgendwie zur Krankenstation bringen und dürfen sie dabei nicht viel bewegen". „Wir könnten sie vorsichtig auf einen Tisch legen und sie dann gemeinsam zu ihrer Krankenstation tragen". „Gute Idee, so sollte es funktionieren, Francesca. Dann mal los, bevor der nächste Angriff startet". „Meine sie, man wird uns nochmals angreifen, Doktor Scott"? „Damit ist zu rechnen, Francesca, zumindest sollten wir

Vorsicht walten lassen". Behutsam hob man den reglosen Körper von Rosalba auf den Tisch und trug ihn zu viert zur Krankenstation. Wo sind den die Krankenschwestern, dachte Doktor Scott und schaute sich um. „Francesca, sie und Constable Underwood müssen mir bei der Operation helfen auch wenn das ihnen schwerfallen wird". „Ist gut, dass bekomme ich hin". „Mauro, sie gehen am besten zu den anderen zurück, denn die werden schon auf sie warten". Mauro Mare nickte und machte sich auf den Weg. „Constable, sie werden die drei Pfeile unten, in Körpernähe abschneiden, denn ich muss Pfeil für Pfeil heraus Operieren". Vom Gang her waren leise Schritte zu hören. Im nächsten Moment standen drei Giraffendamen in der Tür. „Welch ein Glück, das sie hier sind, ich brauche dringend ihre Hilfe. Constable, das sind die Diensthabenden Krankenschwestern. Rosina, würden sie mir bitte zur Hand gehen". Nein, rief Rosina und stürmte mit gezücktem Schwert auf Francesca zu, die Stocksteif dastand und völlig hilflos wirkte. Die Krankenschwester grinste sie höhnisch an. Dann stirb, schrie sie und holte aus. Dass war der Moment, in dem Francesca aktiv wurde. Sie schlug der Giraffen Dame ihre Faust an die Schläfe nutzte den Schwung und warf sie

159

links am Tisch vorbei, gegen die Wand, wo die Krankenschwester bewusstlos zu Boden fiel. Das war der Augenblick, in dem der Constable ins Geschehen eingriff. Die Füchsin rannte an Francesca Bracale vorbei und stürzte sich auf die rechtsstehende Giraffen Dame und riss sie mit sich zu Boden. Die dritte Krankenschwester wollte fliehen und lief Mauro Reale in die Arme. Sie lies ihr Schwert kreisen und rannte auf ihn zu. Mauro Reale duckte sich, trat ihr gegen das linke Knie, hörte ihren Schmerzensschrei, griff ihr in den Arm und warf sie über sich. Sie knallte auf den Boden und blieb bewusstlos liegen. „Constable, das war doch eine Botschaftsangestellte, wenn ich mich nicht irre"? „Ja allerdings. Fragen sie mich bitte nicht, ich habe im Moment auch keine Antwort auf ihre Frage. Würden sie bitte den Gang sichern, denn wir sollten mit der Operation beginnen und nehmen sie bitte die Angreiferinnen mit". Mauro Mare nickte und lief los. Kurz darauf begann man mit der Operation, die viele Stunden in Anspruch nehmen sollte und deren Ausgang ungewiss war. Nachdem Lady Agatha Greenwood und zwanzig ihrer Bandenmitglieder durch ein Fenster Einlass ins Botschaftsgebäude gefunden hatten, führte sie Mario der Koch, durch das Erdgeschoss zu den

Gefängniszellen, die sich im Keller befanden. Die Wachhabenden Olligatoren lagen betäubt am Boden. „Gute Arbeit Mario, das wird honotiert". „Danke Lady Greenwood. Es ist nicht mehr weit. Die anderen sollten schon in der Zelle sein, in der sich der Verräter befindet". „Das hört sich gut an. Man rührt ihn aber nicht an, denn ich möchte ihn selbst töten und dass sehr langsam". „Ja, das hab ich veranlasst. Schauen sie, da vorn, die Zelle die offen steht, das ist sie. Dort befindet sich Rufus". „Mario, wir beide gehen rein, die anderen töten in der Zwischenzeit die Olligatoren. Lady Agatha Greenwood betrat zuerst die Gefängniszelle und schaute sich um. Sie schaute Mario an, der neben ihr stand. „Wo sind denn deine Leute, ich sehe keinen"? „Ich weiß es nicht. Sie sollten hier auf uns warten". „Nun gut, dann kümmere ich mich jetzt um Rufus". Sie ging zum Stuhl, auf dem aber nicht Rufus saß. Wer sind sie? Fragte sie entsetzt. „Ich, Lady Greenwood bin Leutnant Hailey und werde sie jetzt verhaften. Ich weiß, das ist nicht dass, was sie erwartet haben, aber dafür werde ich mich nicht bei ihnen entschuldigen". „Meine liebe, wie kommen sie denn auf solche Ideen, sie sind allein und ich habe meine Leute in Rufweite. Also rate ich ihnen, sich zu ergeben. Sie könnten mir noch verraten, wo sie Rufus versteckt haben, bevor ich sie töte". „Alleine werden sie mich nicht töten, Lady Greenwood und der Koch wird ihnen auch keine große Hilfe sein, soviel ist sicher. Rufen sie am besten gleich ihre Leute, bevor es zu spät ist". „Gut, wie sie wollen. Tom, ich brauche etwas Hilfe. Im nächsten Augenblick flog Tom, gefesselt durch die offene Tür. Ihm folgten alle Mitglieder von Lady Greenwoods Bande. „Also, sie können sich jetzt freiwillig ergeben oder ich zwinge sie dazu, ganz wie sie wollen". Lady Greenwood zog ihr Schwert. Eine Greenwood stellt sich jedem Kampf, schrie sie und fiel bewusstlos zu Boden. „Ach Rose, warum hast du mir den Spaß nicht gegönnt"? „Entschuldige bitte, das habe ich nicht bedacht. Die Lage ist unter Kontrolle, wir haben alle Bandenmitglieder, einschließlich derer, die bei der Botschaft angestellt sind. Sir Mortimer hat alle die fliehen wollten, vor der Botschaft gestellt. Allerdings gab es eine verletzte". „Ist sie schwer verletzt"? „Leider ja Hailey, sehr schwer sogar". „Das hört sich nicht gut an Rose. Das liegt dann wohl in den fähigen Händen von Doktor Scott". „Das gute ist, das sie schon öfters wahre Wunder vollbracht hat". „Du sagst es Hailey. Dann werden wir mal mit den Verhören beginnen". „Ja Rose".

Im Todeslabyrinth von Antabar

Spaghetto betrat das Luftschiff, in dem sich die Entführten aufhielten. „Gaston, wir brechen in Kürze auf". „Gut, dann werde ich mich sofort um unsere Gäste kümmern Spaghetto. Bleibt alles so, wie es besprochen wurde? „Ja Gaston, wir halten uns an den Plan, der uns gegeben wurde". Gaston nickte und betrat kurz darauf den Raum, in dem die Entführten auf dem Boden saßen und ihn aus müden Augen anschauten. Los, aufstehen, jetzt geht es los, schrie Gaston und blieb vor Professor Brandy stehen. Er schaute sie aus hasserfüllten Augen an. Der schwarze Pudel konnte kaum an sich halten. Er dachte an den Schlag, den sie ihm verpasste, den er nicht kommen sah. Sie machte ihn zum Gespött seiner Untergebenen. Von einer Frau niedergeschlagen zu werden, dass kratzte an seiner Ehre. Wir sprechen uns noch meine liebe, sagte er und ging weiter. Molly Smith schaute sich Gaston genauer an und begann zu lächeln, es war ein gefährliches Lächeln. Prinz Ahmad, ich werde sie auf gar keinen Fall töten, kümmern sie sich um meine Tochter, flüsterte sie und stand auf. Prinz Ahmad nickte. Kurz darauf machten sie sich auf den Weg zum Todeslabyrinth, der etwas mehr als zehn Minuten dauerte. In dem Moment, als die Sonne aufging, erreichten sie den Eingang zum Todeslabyrinth, wo sie schon erwartet wurden. Lady Fiona Dolman begrüßte sie. Sie zeigte auf den Eingang. „Da hinauf, meine Herrschaften, wenn ich bitten darf". Professor Rütli erschrak. „Lady Fiona, wir sollten dort nicht hinaufgehen, wir sind nicht genügend vorbereitet". „Professor, was reden sie da, wir haben die drei führenden Kapazitäten auf diesem Gebiet, was soll uns denn passieren, auf dass sie keine Antwort finden. Wir gehen jetzt da hoch und sie führen uns durch das Todeslabyrinth". „Lady Fiona, das, was sie sehen, ist ein Skorpion Vogel. Er steht für den Tod, dass sollten sie wissen". „Ja, sicher, deswegen heißt es ja auch Todeslabyrinth Professor Rütli. Aber wenn sie nicht mitkommen möchten, wird sich Doktor Mord ihrer annehmen. Haben sie das verstanden, Professor". Professor Rütli nickte ängstlich. „Gut, dann ist das ja geklärt und jetzt folgen sie mir, den wir wollen keine Zeit verlieren". Lady Fiona ging als erste die Treppen hoch, die durch den Körper eines riesigen, aus dem Felsen gehauenen, roten Skorpion Vogels führte. Vor dem Eingang schaute sie sich um. „Wo sind die Wachen, das gibt es doch nicht, Spaghetto". „Ich weiß es nicht,

Lady Fiona". Aus dem Todeslabyrinth hörten sie plötzlich grauenhafte Schreie. Lord Samson holte tief Luft und schaute sich um. „Fiona, wir sollten weitergehen und uns nicht von irgendwelchen äh Schreien aufhalten lassen". Lady Fiona nickte und folgte ihrem Mann in das Todeslabyrinth. Ihr war nicht wohl dabei, sie hatte das erste Mal Angst in ihrem Leben, unterdrückte dies aber. Nach etwa 200 Metern stoppten sie, machten ihre Fackeln an und erschraken. Von der Decke tropfte Blut, dass sich am Boden sammelte und ihn glitschig machte. Die Wände schienen auch zu bluten. Oh nein, wir sind des Todes Professor Brandy, schrie Professor Rütli. „Ganz ruhig Kollege, wir werden das gemeinsam durchstehen". „Haben sie denn keine Angst, Professor Brandy"? „Oh doch, aber die hilft uns nicht weiter. Also lassen sie uns ruhig weitergehen und uns auf das konzentrieren, was uns weiterhilft, um zu überleben". Der Professor nickte und folgte den anderen. Nach etwas mehr als 300 Metern schoben sich plötzlich drei Wände aus dem Fels und trennten die Gruppe. Dann tat sich der Boden auf und alle verschwanden. Kurz darauf war alles wie vorher.

Leutnant Zich führte den kleinen Trupp so leise es ging, durch den Dschungel. Vom Lager her hörten sie Kampfgeräusche. „Das sollte uns genügend Zeit verschaffen, um ungestört das Labyrinth zu erreichen, Mister Lomes". Ja General, erwiderte Terry Lomes angespannt. Kurz darauf standen sie vor der Treppe, die ins Todeslabyrinth führte. Was ist das, Lomes. „Das ist ein Skorpion Vogel, Watts. Skorpion Vögel sind Boten des nahenden Todes, grob formuliert, Watts. Oh, dass ist interessant". „Was ist interessant, Lomes". „Die Steintafel, die unterhalb des Schnabels versteckt ist, Watts". Terry Lomes begann zu lesen. „Vanessa, wenn ich es richtig deute, steht da: Sei gegrüßt sterbender, du wandelst über das Leben, das zu deinen Füßen liegt. Der Achtsame hält inne, er schreitet Hand in Hand mit dem Leben. Der Unachtsame wandelt mit dem Tod. Das Gleichgewicht wird sich dir zu erkennen geben, es ist die Waage zwischen Leben und Tod oder Tod und Leben". Vanessa Bracale nickte stumm vor Angst. Terry Lomes schaute auf die Treppe, die von weißem Moos überzogen war. „Jeder nimmt sich etwas von dem Moos mit, das könnte uns vielleicht einmal das Leben retten". Dann machte man sich auf den Weg. Terry Lomes zählte die Treppenstufen. Es waren genau 100. Vom inneren des Todeslabyrinths waren Schreie zu hören. „Das hört sich nicht gut an, soviel ist sicher, Mister Lomes". „Da gebe ich ihnen recht, Spezialagentin Bernadoni. Aber auch dafür gibt es eine Erklärung. So, jetzt werden wir uns, auf die bevorstehenden Aufgaben konzentrieren, das ist wie beim Bergsteigen, dient der Sicherheit und bleibt bitte so nah wie möglich zusammen, damit keiner verloren geht". Fünf Minuten später betrat man das Todeslabyrinth. Die Schreie wurden mit jedem Meter, den sie zurücklegten, lauter und klangen jetzt klagend. „Mister Lomes, da tropft Blut von der Decke". Terry Lomes leuchtete mit seiner Fackel die Decke und Wände ab. Er sah, wie das Blut aus dem Moos, das überall wuchs, tropfte und hielt seine Hand ins Moos, dass an der Decke wuchs. Er roch an der Flüssigkeit und probierte sie. „Das ist kein Blut Commandante, es schmeckt süßlich, ein wenig nach Lakritze. Wir sollten etwas davon mitnehmen. Ich würde sagen, jeder eine Hand voll, das sollte reichen". „Warum, Paps". „Erinnere dich an die Worte auf der Tafel. Der Achtsame wandelt mit dem Leben. Das bedeutet, dass wir Aufmerksam sein sollten, denn das Leben ist um uns herum. Dieses Moos kann uns später das Leben retten". Patty Lomes nickte. „Mister Lomes, die Schreie scheinen zu verstummen". „Sie haben recht, Miss Leika".

167

Etwa zwei Minuten, nachdem jeder etwas Moos von der Decke gepflückt hatte, schoben sich drei Mauern aus den Wänden und trennte die Gruppe voneinander, dann tat sich der Boden auf und sie rutschten viele Meter in die Tiefe. Leutnant Zich landete zuerst auf dem Boden der Kammer, kurz darauf standen Spezialagentin Bernadoni, Patty Lomes, Miss Panther und Spezialagent Mihok neben ihm. „Leise bitte, wir sind nicht allein. Da unterhalten sich mehrere Tiere miteinander". Ich kann aber nicht verstehen, was gesprochen wird". „Dann sollten wir mal schauen, mit wem wir es zu tun haben, Leutnant Zich". Ja, dass sehe ich genau so, Spezialagentin Bernadoni". Mit jedem Schritt, den sie machten, wurde es heißer. Es schien so, als würden die Wände glühen. „Wir sollten unser Durstgefühl unterdrücken und so spät wie irgend möglich, von den Wasserschläuchen gebrauch machen. Wer weiß, wie lange wir hierbleiben müssen". „Ja, Spezialagent Mihok, da gebe ich ihnen vollkommen recht, auch wenn das nicht ganz einfach wird". „Nennen sie mich Spike, Miss Panther, das reicht und spart Kraft, denn jedes Wort wird uns bald schwerfallen". „Gut, dann ab jetzt Spike". „Bei mir reicht Brischid". „Patty, der Einfachheit halber". Sie sahen einen großen

Felsen, der ihnen Sichtschutz bot. Der Fels glühte, und es war ihnen nicht möglich, lange bei ihm zu verweilen. Etwa 40 Meter vom Felsen entfernt, sahen sie einen See, um den 12 tote Tiere lagen. „Die haben wohl von dem Wasser getrunken, Patty". „Ja, Brischid und das ist allem Anschein nach, hoch giftig". Miss Panther schüttelte den Kopf. „Das Wasser schimmert rötlich, dass sollte einem doch zu denken geben". Am Ende dieser Kammer, standen sechs Tiere und unterhielten sich lautstark. Brischid Bernadoni wollte ihren Augen nicht trauen. „Patty, der Hirsch, der gerade leicht panisch wird, ist Doktor Mord". „Bist du dir sicher". „Ja, ganz sicher. Der gehört mir". Das rot schimmernde Wasser, begann zu brodeln. Blaue, Aal ähnliche Kreaturen, die ein gelbes Horn auf ihrem Rücken hatten, schlängelten sich aus dem Wasser und krochen zu den Leichen. Sie bissen sich fest und zogen sie in den See. Kurz nachdem sie verschwunden waren, krabbelten orangene Skorpione zu Hunderten aus dem See. Doktor Mord stockte der Atem. „Professor Brandy, holen sie uns hier raus. Ich will nicht sterben. Ich flehe sie an, Professor Brandy". Er schaute sich um, sah eine Lücke und rannte Richtung Felsen. Er trat auf ein paar Skorpione und tötete sie dabei. Lieber ihr als ich schrie er und lachte dabei. Er tötete immer mehr Skorpione, die plötzlich ihre Farbe änderten. Im nächsten Augenblick färbten sie sich feuerrot und flammen schossen aus ihrem Mund. Tötet sie, befahl Gaston seinen Männern und zog sein Schwert. „Tötet so viele Skorpione wie ihr könnt. Ich werde mich jetzt um Professor Brandy kümmern. Professor Brandy schüttelte mit dem Kopf. „Du stirbst durch meine Hand, das habe ich dir versprochen und ich halte meine Versprechen, so viel ist sicher". Professor Brandy sah, wie das Schwert auf sie zuraste, machte zwei Schritte zur Seite, schlug Gaston das Schwert aus der Hand, trat ihm mit dem rechten Bein in den Unterleib und ließ ihre Faust auf sein Kinn krachen. Gaston fiel zu Boden und blieb regungslos liegen. Dann begab sie sich wieder zur Wand und schaute sich die Schriftzeichen erneut an. Doktor Mord holte sein Giftfläschchen aus seiner Hosentasche und schüttete das Gift auf die Skorpione. Er erreichte den glühenden Felsen und blieb stehen. Du bist doch Tod, sagte er, als er vor Brischid Bernadoni stand. „Sehe ich jetzt schon Geister. Ich habe dich doch getötet. Wie konntest du das Überleben". „Ich habe einen guten Hausarzt, Doktor Mord. Ich werde sie jetzt verhaften". Doktor Mord war dem Wahnsinn nahe. Er warf das Fläschchen mit dem Gift nach Brischid Bernadoni. Sie fing es auf und sah ihn an. „Ich bin immun dagegen, Doktor Mord". Immun, sie ist immun dagegen, schrie er wie von Sinnen. „Ich werde sie jetzt verhaften, haben sie das verstanden". Doktor Mord lachte. Verhaften, ja, verhaften. Er drehte sich um und rannte mitten in die Skorpione hinein. Er tötete viele von ihnen, bevor er gestochen wurde. Er verstummte, Schaum trat aus seinem Mund und er begann zu zittern. Dann fiel er um. Der Felsen wurde immer heißer und wechselte die Farbe. Er war jetzt orange-gelb. Gastons Männer fingen an, die Skorpione zu töten. Sie stachen mit ihren Schwertern auf sie ein, konnten sie jedoch nicht aufhalten. Die Skorpione spritzten ein grünliches Gift auf sie, das Gastons Männer sofort lähmte. Zuerst fielen ihre Schwerter zu Boden, dann sie selbst. Die Aal ähnlichen Kreaturen kamen wieder aus dem See holten sich die Toten und kehrten mit ihnen in den See zurück. „Ich denke, jetzt sind wir an der Reihe, Miss Panther". „Ja, Leutnant, da haben sie wohl recht". „Wenn wir sterben, dann nicht kampflos". Leutnant Zich zog sein Schwert. „Stopp Leutnant Zich, tun sie ihr Schwert wieder zurück, sie werden es nicht benötigen". „Warum,

Patty". „Die Steintafel am Eingang, Leutnant".
„Du meinst, dass mit der Achtsamkeit und dem
Gleichgewicht, Patty". „Ja Brischid. Sie haben uns
bisher in Ruhe gelassen, weil wir sie nicht bedroht
haben". „Wenn du falsch liegst Patty, werden wir
sterben". „Miss Panther, wir werden sie im Kampf
nicht besiegen, es sind einfach zu viele. Vertrauen
sie mir bitte". Spike Mihok nickte. „Sie hat recht
Miss Panther. Nicht zu kämpfen ist dann wohl die
einzige Möglichkeit, dass hier heil zu Überleben".
Sie haben ja recht Spike, erwiderte Miss Panther.
Die Skorpione kamen auf sie zu, blieben stehen
und beobachteten sie. Vier Skorpione kamen auf
Patty Lomes zu und kletterten an ihr hoch. Patty
Lomes schloss ihre Augen und begann langsam zu
atmen. Sie senkte dadurch ihren Puls. Nach etwa
drei Minuten krabbelten die Skorpione wieder
runter und machten sich auf den Weg zum See.
Kurz darauf waren sie nicht mehr zu sehen. In der
Kammer wurde es immer heißer. Die Luft selbst
schien zu glühen. Das Wasser in den Schläuchen
war warm, man trank es aber trotzdem. Professor
Brandy schaute gebannt auf die Schriftzeichen an
der Wand. Patty Lomes stellte sich neben sie und
reichte ihr ihren Wasserschlauch. Mir fällt nichts
ein, sagte sie frustriert. „Professor Brandy,

ich habe nicht Archäologie studiert, war aber mit meinem Vater bei vielen Vorlesungen über das Todeslabyrinth. Vielleicht kann ich sie ja ein wenig unterstützen". „Hätte ich doch nur meine Aufzeichnungen, dann wäre dass hier einfacher. Diese Hitze ist unerträglich, man kann sich nicht Konzentrieren". Patty Lomes ging in sich. Sie ließ alle Ereignisse noch mal Revue passieren. „Was ist das Gegenteil von Feuer, Professor Brandy"? „Wasser, Patty, Warum"? „Na ja, weil hier keines zu finden ist". „Du hast recht, Patty. Ich finde hier aber kein Schriftzeichen, das auf Wasser deuten würde". Plötzlich hatte Patty Lomes eine Idee. „Dass Moos, Professor Brandy, das Moos, aber ja". Sie holte das rote Moos, das sie von der Decke des Ganges gerissen hatte und benetzte es mit ein wenig Wasser. „Professor Brandy, wenn dass das Schriftzeichen für Wasser sein sollte, wo kann es dann platziert werden, um eine Verbindung zu den anderen Schriftzeichen herzustellen". „Oh ja, sie haben recht, das könnte funktionieren. Dass sind alles Zeichen für die verschiedenen Namen für Feuer und Hitze. Oh ja, dass könnte es sein. Professor Brandy brach zusammen. Patty, Patty, abtupfen, die Schriftzeichen, stammelte sie und wurde ohnmächtig. Mittlerweile konnte man die

Luft kaum noch atmen. „Brischid, komm bitte mit, ich brauche dich". Gemeinsam torkelten sie zur Wand mit den Schriftzeichen und benetzten das Moos nochmals mit Wasser. Sie tupften nach und nach die Symbole mit dem Moos ab und hofften, dass sich ein Ausgang öffnen würde. „Patty, dass war wohl nicht die Lösung". „Ich nehme an, dass es ein paar Minuten dauert, bis sich ein Ausgang zeigt, Brischid". Die Minuten fühlten sich wie eine Ewigkeit an. Ihre Lungen schienen zu brennen, und die Hoffnung schwand. Der Felsen hörte auf zu glühen und von irgendwo her kam kühlende, frische Luft in die Kammer. Einige Minuten später, konnte man wieder richtig durchatmen. Brischid Bernadoni stand auf. Die Wölfin schaute sich um. „Da muss doch eine Öffnung sein, vielleicht ist es ja der Ausgang". Professor Brandy öffnete ihre Augen und lächelte. „Es hat funktioniert Patty, es hat wirklich funktioniert. Hat sich der Ausgang schon geöffnet"? „Nein, Professor, bisher noch nicht". „Dann sollten wir aufstehen, denn es kann jeden Moment so weit sein. Dass ist ein Uraltes Gemäuer, da dürfte es etwas dauern". „Brischid, siehst du etwas". „Ja Patty, die Wand hinter euch, beginnt sich langsam zu öffnen". „Dann sollten wir uns beeilen, hier rauszukommen, denn wer weiß, wie lange sie offenbleibt". Da gebe ich dir recht Spike, meinte Miss Panther und man war froh, diese Todbringende Kammer verlassen zu können. Kurz darauf standen sie in einem Gang, der grünlich leuchtete. Da es nur möglich war, nach rechts zu laufen, folgten sie dem Gang. Etwa 300 Meter weiter, sahen sie Symbole und blieben stehen. Professor Brandy schaute sich die Wand mit den Symbolen an. Hm, dass deutet wohl auf die nächste Kammer hin, sagte sie und der Boden öffnete sich.

Terry Lomes landete neben Doktor Watts, der sich gerade aufgerappelt hatte. Er schaute sich um. Die Schwüle schlug ihm ins Gesicht, machte das Atmen schwer. Der General, der als erster in der Kammer landete, unterhielt sich leise mit dem Commandante und winkte Terry Lomes und den Doktor zu sich. „Schauen sie Mister Lomes, dort, an diesem Strauch, liegen zwei Tiere. Wenn ich mich nicht irre, sind die Tod". Doktor Watts schaute sich die Tiere an und nickte. Er zog sich seine Lupenbrille an und untersuchte die Leichen. „Lomes, die sind vergiftet worden. Ich denke, die Früchte, die neben ihnen liegen, waren wohl der Auslöser für ihren Tod. Obwohl ich auch noch ein Paar Einstiche feststellen konnte, die merkwürdig sind. Terry Lomes, der mittlerweile neben dem Doktor stand, zog seine Lupenbrille auf und sah sich die Einstiche an. „Watts, wenn ich mich nicht täusche, haben wir es hier mit Skorpion Vögeln zu tun. Schauen sie, in der Mitte der Einstich den der Schnabel verursacht, und links und rechts sieht man die Nadelgroßen Einstiche der Giftstacheln, die sich am Schnabel der Skorpion Vögel befinden und absolut tödlich sind, wie man sieht". „Lomes, das gehört doch ins Reich der Mythen. So etwas gibt es nicht, das hätte ich irgendwo gelesen oder gehört". „Denken sie an den Eingang Watts, dort, am Schnabel dieses Vogels, sah man die Stacheln. Bis dahin waren es Mythen, jetzt scheint es so, als gäbe es diese Wesen doch". „Wir sollten weiter gehen und dabei größte Vorsicht walten lassen. Wer weiß, was uns noch erwartet". „Da gebe ich ihnen recht Commandante Muscogiuri". Terry Lomes ging voran und stoppte nach etwa 300 Metern abrupt. „Da vorn liegen noch drei Tote und einer davon ist Sir Parzival. Moment bitte, er bewegt sich noch". Drei Pfeile kamen geflogen und verfehlten Terry Lomes um Haaresbreite. Im nächsten Moment folgten noch drei Pfeile, die jedoch auch ihr Ziel verfehlten. Commandante Muscogiuri reagierte blitzschnell, spannte ihren

Bogen und schoss Pfeil um Pfeil in die Richtung der Angreifer. Sie hörten einen Schrei und dann kehrte Ruhe ein. Doktor Watts und der General zogen Sir Parzival aus der Gefahrenzone. „Lomes, ich fürchte, bei ihm wirkt dasselbe Gift, wie bei den toten Tieren, die wir gefunden haben. Hm, Moment bitte, ich sehe keine Einstiche Lomes". „Dann hat er nur von den Früchten gegessen und lebt deshalb noch, Watts". „Schon möglich Lomes aber das wird ihm nicht helfen, denn wir haben kein Gegengift, das ihn retten könnte". „Da gebe ich ihnen recht, Watts". Die nächsten drei Pfeile kamen geflogen, verfehlten sie aber. Terry Lomes schaute sich um. Was er sah, verschlug ihm den Atem. Farbenprächtige Bäume, deren Laub gelb, orange und rot leuchtete. Die Blüten und Früchte, die an ihnen hingen, hoben sich von den Blättern ab. Blaue, schwarze und grüne Früchte wuchsen aus hell und dunkellila Blüten. Bunte Vögel flogen fröhlich zwitschernd umher. Was er aber nicht zu sehen bekam, waren Skorpion Vögel. Sir Parzival ging es immer schlechter. „Er wird leider sterben Lomes. Ich kann nichts für ihn tun". Terry Lomes dachte an die Schriftzeichen auf der Steintafel, die über dem Eingang hing. Ihr wandelt über das Leben, stand dort. „Das Moos, Watts, das weiße

Moos könnte das Gift neutralisieren". Er holte das weiße Moos aus seiner Hosentasche stopfte etwas in den Mund von Sir Parzival, goss etwas Wasser aus dem Wasserschlauch in den Mund und zwang den Innenminister, es zu schlucken. Sir Parzival begann, unkontrolliert zu zittern und wurde ohnmächtig. Commandante Muscogiuri bewegte sich lautlos zwischen den Bäumen, die einen Sinnesbetäubenden Geruch verströmten. Etwa zehn Meter vor ihr, hinter einem großen Baum, sah sie zwei Tiere, die gerade einen Pfeil abschossen. Der General, der vier Meter vor ihr lief, gab ihr ein Zeichen, das sie sofort verstand und umgehend reagierte. Sie holte ihr Blasrohr und schickte zwei Betäubungspfeile auf die Reise. Im nächsten Moment fielen die beiden zu Boden. Sie schlichen weiter durch den Wald und sahen einen See, dessen tiefblaues Wasser einladend wirkte. Am Ufer dieses Sees lagen drei tote Tiere. Das Wasser ist wohl giftig, meinte der General, der plötzlich neben dem Commandante stand. „Da haben sie wohl recht, General. Sollen wir das Gelände weiter erkunden, oder zurückkehren"? „Ich würde sagen, dass wir das Gelände noch ein wenig erkunden, um uns ein Bild von der Lage zu machen, Commandante Muscogiuri. Wir sollten so gut wie möglich vorbereitet sein, das macht uns unser späteres Handeln einfacher". Der See begann plötzlich zu blubbern und schäumen. Im nächsten Augenblick flogen Vögel zum See und umkreisten ihn. Die Vögel schienen aufgeregt zu sein. Kurz darauf wurde der Leib eines großen, tiefschwarzen Oktopus sichtbar. Dem General verschlug es den Atem. Die Vögel begannen einen merkwürdigen Singsang, in den der Oktopus mit einstimmte. „Die kommunizieren miteinander, General. Das ist unglaublich". „Da haben sie mit Sicherheit recht, Commandante. Die Frage, die sich mir stellt, lautet, ist es der einzige oder gibt es noch mehr davon". Der Oktopus verließ nun den See und machte sich auf Weg in die Richtung, in der sich Terry Lomes und der Doktor aufhielten und völlig ahnungslos waren. Die Vögel schienen dem Oktopus den Weg zu weisen. Das war der Moment, in dem der General die Schockstarre verlor und, gefolgt vom Commandante, losrannte und hoffte, Terry Lomes und Doktor Watts noch rechtzeitig zu erreichen, denn sonst wären sie unweigerlich verloren. Der Oktopus war schnell, und stoppte plötzlich. Zwei, seiner acht Arme umschlungen die ersten beiden toten Tiere. Das verschaffte den beiden einen kleinen Vorsprung und sie erreichten Terry Lomes und Doktor Watts rechtzeitig. „Was ist, General"? „Schnell weg von hier". „Warum"? „Schnell, Mister Lomes". General James Olligator zog Terry Lomes in den Wald. Kurz darauf folgte der Commandante, der den Doktor hinter sich her zog. Kurz darauf stand der Oktopus vor den toten Tieren und Sir Parzival. Die Vögel umkreisten den Oktopus und gaben merkwürdige Geräusche von sich, auf die der Oktopus ihnen im gleichen Tonfall zu Antworten schien. Die Vögel verstummten kurz, als der Oktopus Sir Parzival einen Tentakel um den Körper legen wollte. Der Oktopus hielt inne und fuhr mit dem Tentakel über den Körper des Innenministers. Er ließ ab von ihm, schnappte sich die beiden Toten Tiere, drehte sich um, und machte sich auf den Weg. Die Vögel begleiteten ihn lautstark. Sir Parzival öffnete seine Augen und setzte sich auf. Terry Lomes folgte dem Oktopus, der mit den Leichen im See verschwand. Die Vögel flogen in den Wald zurück und es wurde für einen Moment ruhig. Dann kamen die Skorpion Vögel. Terry Lomes sah zuerst ihr leuchtend rotes Gefieder, dann flogen sie an ihm vorbei und er konnte ihre Schnäbel sehen, die links und rechts stacheln hatten. Sie interessierten sich nicht für ihn, flogen zu den

Blüten, klammerten sich an ihnen fest und er sah, wie sie ihre Schnäbel in die Blüten steckten und aus ihnen die Blütenpollen holten. Die Stacheln am Schnabel, passten genau in die beiden Rillen an den Blüten. Kurz darauf flogen sie zum Boden, holten sich die schwarzen Früchte, flogen zum See und warfen die Früchte hinein und kreisten über den See. Augenblicke später tauchte der Oktopus wieder auf und schien mit den Skorpion Vögeln zu kommunizieren. Allerdings waren die Töne, die sie von sich gaben, tiefer und etwas in die Länge gezogen. Der Oktopus holte sich nach und nach die Früchte und verschwand im See. Die Skorpion Vögel kreisten noch eine Minute über dem See und verschwanden schließlich aus dem Sichtfeld von Terry Lomes. Er ging zurück zu den anderen und begrüßte Sir Parzival, der froh war, dass er noch lebte. Terry Lomes berichtete von den Geschehnissen am See und im Wald. „Watts, diese Stacheln am Schnabel der Skorpion Vögel dient der Nahrungsaufnahme und sind nicht, wie wir ursprünglich annahmen, zum Töten da". „Ja Lomes, da gebe ich ihnen recht und trotzdem hat man mit ihnen, oder besser gesagt, durch sie, ein Paar Tiere getötet". „Nein, Doktor Watts, da muss ich widersprechen. Die Vögel griffen erst an, als man sie bedroht hatte. Diese Verbrecher haben mich mit Gewalt gezwungen, die Früchte zu Essen und lachten dabei. Die Vögel tauchten auf, als die Früchte gepflückt wurden. Dann ging alles sehr schnell. Diese Verbrecher zogen ihre Schwerter und schlugen nach ihnen, dann griffen sie an und piekten mit ihren Schnäbeln auf sie ein. Dann wurde ich Ohnmächtig". „Wer ist noch in dieser Kammer, Sir Parzival"? „Professor Rütli, ein Kind und ein paar von diesen Verbrechern, soviel ich mitbekommen habe, Mister Lomes". „Wo sind sie hin"? „Sie wollten einen Ausgang suchen, mehr weiß ich nicht. Ach, eins noch Mister Lomes, der Professor hat sich wohl am Bein verletzt, als wir in diese Kammer gestürzt sind". Terry Lomes sah sich um. „Wir sollten den Professor und das Kind suchen, und dann schauen, dass wir hier raus kommen, bevor uns diese Schwüle tötet und wir auch in diesem See landen". „Da haben sie recht Lomes. Die Frage ist, nehmen wir den Weg, oder gehen im Schutz des Waldes"? „Den Weg Watts, denn die Vögel verfolgen mit Sicherheit jeden unserer Schritte". Doktor Watts nickte stumm. Jeder Schritt fiel ihnen mittlerweile schwer. Terry Lomes merkte, wie seine Aufmerksamkeit mit jeder Minute nachließ. Er trank etwas Wasser, und schaute sich um. „Da vorne ist der See, da sollten wir vorsichtig sein und hoffen, dass dieser Oktopus uns nicht bemerkt, Mister Lomes". Terry Lomes nickte angestrengt. „Ja Commandante, da gebe ich ihnen recht". Er sah eine Steintafel, die am Rand des Sees stand und wurde neugierig. „Dass muss ich mir etwas genauer anschauen, könnte wichtig, Commandante". „Seien sie bitte vorsichtig, Mister Lomes". Der Commandante zog sein Schwert und wartete. Terry Lomes schaute sich um. Die Vögel verstummten und schienen ihn zu beobachten. Er ging langsam Schritt für Schritt zum See und hoffte, dass dieser Oktopus ihn nicht bemerkte. Minuten später, die ihm wie eine Ewigkeit vorkamen, stand er vor der Tafel. Im See blieb es ruhig und Terry Lomes begann zu Lesen. Suchender, suche, was du gefunden hast, finde, was du suchst. Siehe die Schönheit, schaue durch sie hindurch. Vollkommenheit die eins wird mit der Schönheit. Alles ist eins und eins ist alles. Terry Lomes kratzte sich am Kopf. Im See stiegen Luftblasen auf. „Es wird Zeit zu gehen Watts". Ein müdes Nicken war die Antwort. Sie verließen den See und folgten dem Weg, der leicht Anstieg. Die Schwüle forderte ihren Tribut und sie mussten sich auf den Boden setzen. „Mister Lomes, wie weit ist es noch, bis wir einen Ausgang finden". „Schwer zu sagen, Commandante Muscogiuri. Ich hoffe jedoch, dass es nicht mehr allzu weit ist, denn es wird langsam dunkel". „Sollten wir uns dann lieber einen Platz für die Nacht suchen, Mister Lomes"? Wie aus dem nichts, begann es zu Regnen. Ja General, das sollten wir tun, bevor es Stockfinster wird". Mit dem Regen wurde es noch schwüler. „Lomes, ich kann keinen Schritt mehr gehen. Wenn sie mich fragen, bleiben wir einfach hier sitzen und ruhen uns aus". „Sie haben recht, Watts. Bleiben wir hier und sammeln neue Kräfte, die werden wir morgen brauchen". „Wir sollten eine Wache aufstellen". „Ich glaube, das ist nicht nötig Commandante, da wir die Hand vor Augen nicht mehr sehen werden. Ich denke, wenn wir uns ruhig verhalten, wird uns nichts geschehen". Etwa zehn Minuten später wurde es stockdunkel und ruhig. Kein Vogel war mehr zu hören. Terry Lomes schlief unruhig. Die Sätze, die auf dieser Steintafel standen, arbeiteten unterbewußt in ihm weiter, verbanden sich mit seinen Träumen und wurden wirr. Er wachte auf, als es hell wurde. Schlaftrunken schaute er sich um. Doktor Watts schmatzte im Schlaf, der Commandante stand bei General Olligator und machten Dehnübungen.

Die Vögel begannen plötzlich, wie wild durch den Wald zu fliegen. Im nächsten Moment kam der Oktopus angerannt und stieß dabei drohende, dunkle Laute aus. Er warf den General zu Boden und stieß den Commandante in den Wald. Doktor Watts wachte auf und rührte sich nicht, als er aus den Augenwinkeln den Oktopus sah, der seinen Weg unbeirrt fortsetzte und dann verschwand. „Wir sollten ihm folgen und schauen, wohin er geht". „Ja Mister Lomes, sehe ich genauso". Dann sollten wir uns auf den Weg machen, General, bevor wir ihn nicht mehr finden". Es dauerte nicht lange und sie sahen den Grund für die Wut, die den Oktopus antrieb. Sechs Bandenmitglieder hatten offenbar Vogeleier und Früchte gestohlen. Sie wurden vom Oktopus und den Skorpionvögel attakiert und wehrte sich verzweifelt mit ihren Schwertern, hatten aber keine Chance und einer nach dem starb am Gift der Skorpionvögen und den heftigen schlägen des Oktopus. Terry Lomes schaute sich um und sah ein Kind, das nicht weit von ihm entfernt, auf dem Boden lag. Neben dem Kind saß ein Tier, dass der Beschreibung nach nur Professor Rütli sein konnte. Der Oktopus holte vorsichtig die Eier und brachte sie in die Nester der Vögel zurück, dann nahm er die Toten mit und verschwand, gefolgt von den Skorpionvögel in Richtung See. Ein Paar Minuten später begrüßte Terry Lomes den Professor und Doktor Watts sah nach dem Kind. Er untersuchte es gründlich und war erleichtert, dass es gesund war, dann begann er, den Professor zu untersuchen. „Dass Bein ist gebrochen Lomes, es muss geschient werden. Ich denke, mit unseren Schwertern und den Binden aus meinem Notfallrucksack sollte es gehen". Ein Nicken war die Antwort. Terry Lomes gab Doktor Watts sein Schwert und setzte sich neben dass Kind, das ihn ängstlich anschaute. „Mein Name ist Terry Lomes und das sind Commandante Laura Muscogiuri, General Olligator und Doktor Watts. Ich nehme an, du bist Ines Smith"? Ein nicken, dass ihre Angst bestätigte, war die Antwort. „Du brauchst keine Angst zu haben Ines, wir sind hier, um euch zu retten". Woher wissen sie, wie ich heiße, Mister Lomes"? „Von deinem Vater". „Der wird doch von diesen Verbrechern festgehalten, bis meine Mutter Prinz Ahmad getötet hat, was sie aber nicht tun wird. Sie hat ihm gesagt, das er sich um mich kümmern soll, da sie ihn nicht Töten wird". Der General war erleichtert. „Das sind gute Nachrichten Mister Lomes". „Da haben sie wohl recht. Jetzt werden wir uns auf die Suche nach einem Ausgang machen. Terry Lomes schaute in den Wald. Es wurde wieder unerträglich schwül, was das Atmen wieder schwer werden ließ. Suchender, suche, was du gefunden hast, finde, was du suchst. Er dachte über diesen Satz nach. Vielleicht sucht ja nicht jeder das gleiche. Er sah sich um. Wir suchen einen Ausgang, weil wir ja nicht freiwillig hier sind. Das alte Volk betrieb hier vielleicht Studien, um ihr Wissen zu erweitern. Suche die Schönheit, schaue durch sie hindurch. Terry Lomes schaute zum Wald und entdeckte einen Pfad, der offensichtlich durch den Wald führte. Vollkommenheit, die eins wird mit der Schönheit. Alles ist eins und eins ist alles. Das bezieht sich wohl auf dieses autarke, sich selbst versorgende System. Wenn man diesem Pfad vom Eingang bis hierher folgt, müsste sich der Ausgang hier befinden. Terry Lomes drehte sich um, schaute sich die Blüten an und stellte fest, dass sie in einer bestimmte Farbreihenfolge angeordnet waren und einen regelmäßigen Abstand zueinander einhielten. Die Farben waren von hell bis dunkel angeordnet. Terry Lomes ging ein paar Schritte zurück und ließ das Bild, das vor ihm zu sehen war, auf sich wirken. Er ging Reihe für Reihe durch und erkannte, etwa zehn Minuten

187

später, dass eine Reihe mit roten Blühten, zwei dunkelorangene Blüten enthielt. Er ging darauf zu, schob die dunkelorangenen Blüten zu Seite und entdeckte eine Steintafel, die eine Inschrift beherbergte, die aus drei Wörtern bestand. Er begann, von oben nach unten zu lesen und war freudig erstaunt. Schönheit, Vollkommenheit und Einheit stand dort geschrieben. „Watts, haben sie ein paar Reagenzgläser dabei"? „Ja Lomes, dass sollten sie doch wissen. Warum fragen sie"? „Weil ich an den See möchte und mir zwei Proben des Wassers aus dem See holen möchte". „Ist das wirklich nötig? Sollten sie nicht eher nach einem Ausgang suchen, Lomes"? „Den Ausgang habe ich Gefunden, Watts. Nur zwei Proben und dann werden wir diese Kammer verlassen". Kurze Zeit später kamen Terry Lomes und Doktor Watts am See an und entdeckten zwei Tote Tiere. Doktor Watts untersuchte die Toten. „Die haben von dem Wasser getrunken, Lomes. Kann noch nicht lange her sein. Sie sollten sich mit den Proben beeilen, bevor der Oktopus auftaucht. Terry Lomes bückte sich, entnahm die Proben aus dem See und sah plötzlich in die Augen des Oktopus, der ihn zu beobachten schien. „Das wars Watts. Wir sollten uns auf den Rückweg machen, denn ich vermute, dass der Oktopus gleich auftaucht, um sein Werk zu tun". „Wie kommen sie denn auf diese Idee"? „Weil ich ihm in die Augen geschaut habe, Watts und er mich dabei beobachtet hat, wie ich die Proben aus dem See entnommen habe". „Dann sollten wir uns vom See entfernen, Lomes". Es dauerte nicht lange, und die beiden waren wieder bei den anderen. So, dann sollten wir diesen Ort verlassen und nicht mehr zurückkehren, sagte Terry Lomes, schob die beiden dunkelorangenen Blüten sanft beiseite, um sie nicht zu beschädigen und drückte mit der rechten Hand auf das Wort Einheit. Ein lautes Knarren war zu hören und kurz darauf war ein Ausgang zu sehen. Sie betraten einen Gang, der nur nach rechts führte. Als alle die Kammer verlassen hatten, schloß sich die Wand und sie liefen den Gang entlang. Ein paar Minuten später öffnete sich der Boden und sie verschwanden.

Vanessa Bracale schaute sich um und war irritiert. „Miss Leika, wo sind wir hier"? „Das, meine liebe, kann ich ihnen auch nicht beantworten. Aber wir werden es gezwungenermaßen herausfinde, so viel ist sicher". Vanessa Bracale schaute auf eine Landschaft, die sie so noch nie gesehen hatte. Geröll, Sand und Felsen, wechselten sich mit

Kakteen ab, die in kleinen Gruppen zusammen standen. Es waren Säulenkakteen und Opuntien. Der Wind frischte auf, und blies ihnen Sand ins Gesicht. „Wir sollten hinter einem der größeren Felsen Schutz suchen und uns dann einen Plan überlegen, wie wir weiter vorgehen". „Sehe ich genauso, Miss Leika". Etwa 10 Minuten später erreichten sie den Felsen und setzten sich, um etwas zu Trinken. „Miss Leika, bei den Opuntien links von uns, steht ein Wüstenwaran und schaut uns an". „Ich weiß Kommissario". „Ich hoffe, der ist nicht gefährlich". „Ich denke nicht, Vanessa, aber wissen tu ich das nicht. Wir sollten auf alle Fälle Achtsam sein und die Gefahren minimieren, so gut es geht". „Wenn der Sturm vorbei ist, Miss Leika, sollten wir uns einen Überblick verschaffen um zu sehen, ob noch jemand hier ist". „Das sehe ich genauso Raffaella und wir sollten dabei auf der Hut sein, sicher ist sicher. Eine Stunde später verschwand der Waran und der Sturm ließ nach. „Sollen wir uns aufteilen, Miss Leika"? „Nein, dass wäre zu riskant, Kommissario. Vanessa, da sie die einzige sind, die sich mit dieser Kultur auskennt, sollten sie nach einem Weg suchen, der uns zu einem Ausgang führt". „Ja, Miss Leika, deswegen hat mich Mister Lomes mitgenommen. Er sagte, dass es sehr wahrscheinlich ist, dass es so kommt und er hat recht gehabt". Kaum hatte der Sturm nachgelassen, wurde es unerträglich heiß. Vögel, die einem Kolibri ähnlich waren, flogen freudig umher. Ihr dunkelblaues Gefieder schimmerte in der Helligkeit der Kammer und Vanessa Bracale fragte sich, woher das Licht kam, denn sie waren ja in einer unterirdischen Kammer. Kleine, rote Eidechsen, sprangen zwischen ihren Füßen hin und her, sie hatten keinerlei Scheu, fühlten sich offensichtlich wohl. Die vier machten sich auf den Weg, suchten, so gut es ging, zwischen den Felsen Schutz und kamen an einen See, dessen Wasser tiefschwarz war. In dem See lebten weiße Quallen die einem Salamander ähnlich waren. Am Rand des Sees lagen sechs Tote Tiere. „Die haben wohl von dem Wasser getrunken, Raffaella". „Da hast du mit Sicherheit recht Schwesterherz. Da war der Durst wohl größer als die Vorsicht und das konnte nur tödlich enden". Miss Leika schaute sich die Toten an. „Das bedeutet, die haben kein Wasser dabei und das könnte unser Vorteil sein. Das sind keine ausgebildeten Agenten und wissen nicht, wie man sich in solchen Situationen verhält und das verleitet zu Fehlern, Raffaella". „Da gebe ich ihnen recht, Miss Leika. Die wissen nicht, dass wir hier sind, was wiederum für uns ein nicht zu unterschätzender Vorteil ist". „Das, Raffaella, ist wohl wahr, deshalb sollten wir uns die Zeit lassen, die wir benötigen. Als sie die nächsten Felsen fast erreicht hatten, sahen sie, wie vier Warane die sechs Toten Tiere nach und nach zum Ufer des Sees zogen und sie hinein schupsten.

Zur selben Zeit. Lady Fiona Dolman schaute sich um und sah zwei Warane, die zu ihnen herüber schauten. Ein bösartiges Grinsen huschte über ihr Gesicht. Das Reh schaute ihren Mann an. „Sollen wir Missis Smith mal zeigen, wie wir ihren Vater getötet haben"? Er schaute sie fragend an, sah die Warane und verstand. Sie holten ihre Bögen, und zielten. „Das würde ich nicht machen Fiona". „Warum nicht, Polly, entschuldigung, Molly"? „Weil euch sonst die Warane töten werden". Lady Fiona lachte laut. „Ich bitte dich, wie sollen die das Bewerkstelligen, das sind nur Warane, die haben keine Waffen, wir hingegen schon". Kurz darauf entließen sie ihre Pfeile und trafen ihr Ziel. Die Warane schrien kurz auf und fielen Tod um. „Siehst du, so starb dein Vater. Effizienz ist alles, was nötig ist. Ein Pfeil und alle Probleme waren gelöst". Molly Smith schüttelte mit dem Kopf und schwieg. Sie nutzte den Moment, in dem man ihr keine Aufmerksamkeit schenkte. „Prinz Ahmad, ich werde sie ablenken und sie fliehen. Suchen sie einen Weg aus dieser Kammer und kümmern sich bitte um meine Familie, sofern sie noch leben sollten". „Die werden sie Töten, Molly". „Ich weiß, dass werden sie sowieso machen, dass ist wohl mein Schicksal". Etwa fünf Minuten später ergab sich eine Gelegenheit, die Molly Smith sofort zu nutzen wusste. Sie stand langsam auf. „He Fiona, die Warane bringen ihre Toten weg, und das kann bedeuten, dass sie demnächst angreifen". „Du machst mir keine Angst Molly, soviel ist sicher". Als alle zu den Waranen schauten, schlug Molly Smith, Lady Fiona nieder und stürze sich auf Lord Samson. Spaghetto hatte große Mühe, mit seinen Fünf Tieren, Molly Smith zu bändigen. Diese Zeit nutzte Prinz Ahmad, um unbemerkt zu fliehen. Der Prinz war schnell und erreichte ungesehen eine Felsengruppe, die ihm Schutz bot. Er suchte sich einen scharfkantigen Stein und durchschnitt seine Fesseln. In der Zwischenzeit bemerkte man seine Flucht und Spaghetto schickte seine Tiere los, um ihn zu suchen. „Du weißt, dass du sterben wirst, Molly". Sie zog ihr Schwert, gebrauchte es aber nicht. „Wir warten, bis der Prinz wieder da ist Samson, und werden sie dann töten".

Prinz Ahmad hörte Geräusche und machte sich kampfbereit. Er staunte nicht schlecht, als Miss Leika hinter einem Felsen hervor kam. „Schön, sie zu sehen, Prinz Ahmad". „Geht mir genauso, Miss Leika. Wir haben keine Zeit, ich werde wohl verfolgt. „Gut, dann folgen sie mir bitte, ich bringe sie zuerst in Sicherheit und dann kümmern wir uns gemeinsam um ihre Verfolger. Miss Leika ging voran. Sie schaute sich um und ließ den Prinzen immer im Blickfeld seiner Verfolger. Sie war dabei so geschickt, dass man nur den Prinzen sah und sie immer ausser Sicht war. Sie hielt plötzlich an und schaute sich um. „Prinz Ahmad, sie ergeben sich jetzt ihren Verfolgern, wir machen den Rest". Der Prinz nickte und blieb stehen. Das Zebra sah seine Verfolger kommen und lächelte. Er hob die Hände und lief langsam auf sie zu. Das ging ja schnell sagte Carlo. Der weiße Pudel grinste und zog sein Schwert. „Prinz Ahmad, wir sind zu fünft, dass heißt, dass ein Fluchtversuch sinnlos ist und schmerzhaft für sie enden wird. Haben sie das verstanden"? „Habe ich verstanden Carlo. Vor wem sollte ich auch noch fliehen wollen? Ist ja ausser ihnen niemand mehr da". Carlo drehte sich langsam um, sah seine Männer am Boden liegen und schaute Raffaella Bracale ins Gesicht.

194

Gute Nacht, sagte sie und entließ einen Pfeil aus ihrem Blasrohr. „Miss Leika, die haben noch eine Gefangene. Sie heißt Molly Smith und hat mir zur Flucht verholfen. Wir müssen sie befreien, bitte". „Machen wir, Prinz Ahmad, versprochen. Zuerst muss ein Plan her und ich habe da auch schon ein Gedanke, der gerade Form annimmt". Miss Leika schaute sich um. „Wenn ich mich nicht irre, ist der nächste Sturm schon im Anmarsch und das bietet uns einige Optionen, Raffaella". „Sie haben recht Miss Leika. Dort hinten wird es dunkel und windig". „Ich fürchte, es wird nicht nur stürmisch. Wir sollten uns beeilen, denn es wird auch bald Stockfinster werden, denn die Nacht bricht in kürze an". „Sollen wir die Gefangenen fesseln"? „Nein Raffaella. Ohne ihre Waffen sind sie für uns im Moment keine Gefahr, und die Betäubung hält noch ein paar Stunden an. Bis dahin ist es dunkel und sie werden hoffentlich nicht so dumm sein, durch die Nacht zu stolpern". „Hoffen wir es Miss Leika". „So, und jetzt zu unserem Plan". Miss Leika berichtete von ihren Gedankengängen und man formte gemeinsam einen Plan daraus, in dem jeder seine Gedanken einbrachte. Dann lassen sie uns aufbrechen, meinte Miss Leika und ging voran. Sie schlichen sich bis etwa 200 Meter an und warteten, bis der Sturm begann.

Lady Fiona wurde nervös. Sie lief unruhig hin und her. „Spaghetto, müssten deine Leute nicht schon hier sein? Dass dauert mir alles zu lang. Da kann etwas nicht stimmen". „Die werden schon bald mit dem Prinzen auftauchen. Ich nehme an, dass er sich heftig gewehrt hat, und sie ihn nicht sofort zur vernunft bringen konnten und etwas Gewalt anwenden mussten". „Da hat er wohl recht Fiona. Lass es gut sein, dass wird schon". „Ist schon gut Samson. So kurz vor dem Ziel sollte nichts mehr passieren, was unsere Pläne vereiteln, könnte". Dass ist alles deine Schuld, meine liebe, schrie Lady Fiona wutentbrannt, zog ihr Schwert und stach Molly Smith ins rechte Bein. Molly Smith schrie schmerzerfüllt auf und hielt sich ihr Bein. Damit du mir keine Dummheiten mehr machst, sagte Lady Fiona und drehte sich um. Kurze Zeit später wurde Molly Smith ohnmächtig. „Sie wird verbluten, Fiona". „Ich weiß, Samson". Spaghetto fragte sich in diesem Moment, ob er lebend aus dieser Sache rauskommen würde. Dann zog der Sturm auf und es wurde nach und nach dunkel. Spaghetto sah seine Leute von weitem winken und war erleichtert. „Da fehlen zwei deiner Leute Spaghetto". „Ich sehe es, Fiona". Der Sturm wurde heftiger, man konnte kaum noch etwas sehen. Erst als sie vor ihm standen, erkannte Spaghetto, dass es nicht seine Tiere waren. Kommissario, sind sie es, sagte er verblüfft und fing sich einen Faustschlag, dem sofort ein zweiter folgte und er langsam, wie in Zeitlupe, zu Boden sank und dort Bewusstlos liegen blieb. Miss Leika stürze sich sofort auf Lady Fiona und schlug sie nieder. Lady Fiona rollte sich ab und zog ihr Schwert. Wer sind sie, schrie sie und wartete auf eine Antwort. „Ich? Ich bin Mica, wenn der Name dir noch etwas sagt, Fiona". „Du bist doch Tod". Miss Leika lachte laut. „Offensichtlich nicht, Fiona und dass ist ist gut so". „Ich nehme an, dass du mich jetzt Töten wirst"? „Nein, du und dein Mann habt euer Todesurteil ausgesprochen, als ihr auf die Idee kamt, die Warane zu Töten. Ich hätte euch nur verhaftet und euch vor Gericht gebracht". Miss Leika steckte ihr Schwert ein, als sie sah, wie sich zwei leuchtend rote Augenpaare Lady Fiona näherten. Lord Samson kämpfte gegen Raffaella Bracale und hatte nicht den Hauch einer Chance. Sie trieb in vor sich her und er ergriff die Flucht. Lady Fiona folgte ihm schreiend. Vanessa Bracale, die sich unbermerkt angeschlichen hatte, schaute nach Molly Smith, die Regungslos da lag.

Sie fühlte ihren Puls und atmete auf. Dann fing sie an, denn Körper zu untersuchen und fand die stark blutende Wunde. Sie überlegte kurz und legte das mitgebrachte Moos auf die Wunde, um irgendwie die Blutung zu stoppen. Kurz darauf kam Miss Leika. „Was ist mit ihr, Vanessa"? „Sie hat eine stark blutende Fleischwunde, aber sie ist am Leben, Miss Leika. Ich habe ihr Moos auf die Wunde gelegt, dass sollte die Blutung doch stoppen, hoffe ich zumindest. Ich werde ihr noch etwas Wasser einflößen". „Dass mache ich. Sie werden sich ausruhen, Vanessa. Sie und der Prinz werden uns morgen einen Ausgang suchen, und auch finden, da bin ich mir sicher. Für Miss Leika wurde es eine lange Nacht, in der sie nicht schlief, da ihre Schwester zu fiebern begann und ständig ihren Namen rief. Mica, Mica, wo bist du, schrie sie und bäumte sich auf. Miss Leika legte Mollys Kopf in ihren ihren Schoss und streichelte ihn. Ich bin hier Schwesterherz, keine Angst, ich bin hier, sagte sie, mit Tränen in den Augen. Irgendwann ließ der Sturm nach und es wurde langsam hell. Vanessa Bracale weckte Prinz Ahmad leise aber bestimmend. „Prinz Ahmad, wir sollten uns sofort auf den Weg machen, bevor es zu heiß wird und der Wind wieder zunimmt". Der Prinz nickte und

198

folgte ihr Wortlos. „Können sie Klettern, Prinz"?
„Ja, warum fragen sie Vanessa"? „Weil wir da rauf
müssen, um uns einen Überblick zu verschaffen".
„Gut, dann folgen sie mir bitte Vanessa". Prinz
Ahmad ging konzentriert zu werke und nahm sich
die Zeit, die nötig war. Eine halbe Stunde später
hatten sie ihr Ziel erreicht und schauten sich um.
„Sind das nicht Lord und Lady Dolman, die dort,
in der Nähe des Sees liegen, Vanessa"? „Ja, dass
sollten sie sein, denn am Ufer des Sees liegen die
Tiere, die sie verfolgt haben. Wie es ausschaut,
sind die wohl alle Tod". „Da kann ich ihnen nur
beipflichten, Vanessa". „Ich sehe kein Zeichen,
dass uns zu einem Ausgang führen könnte. Egal
wo man hinschaut, nur Felsen und Kakteen".
„Richtig, Prinz Ahmad, aber schauen sie mal, wie
man die Kakteen angeordnet hat". Was meinen
sie, mit angeordnet, Vanessa"? „Die Opuntien
sind kreisförmig angeordnet, die Säulenkakteen
jedoch hat man in einem Quadrat angeordnet".
„Sie haben recht Vanessa und die Säulenkakteen
führen uns vom Eingang in diese Kammer bis zur
Mitte. Die Opuntien führen uns hoffentlich zum
Ausgang". Vanessa Bracale holte ihr Notizheft aus
ihrer Jackentasche und begann, die Opuntien zu
zählen, dann zählte sie die Säulenkakteen und

schrieb beides in ihr Notizheft. „45 Gruppen mit Opuntien und 56 Gruppen mit Säulenkakteen, Prinz Ahmad". Sie denken auch an alles, Vanessa. Deshalb schwärmt Professor Rütli von ihnen. Er sagte bei unserem letzten Gespräch, dass sie, die mit abstand begabteste Schülerin sind, die er seit langem hatte und dass sie bereit wären, bald ihre Professorenarbeit zu schreiben". „Oh, das wusste ich nicht. Aber das muss noch warten, wir müssen einen Ausgang finden, und zwar schnell". Kurz darauf beobachtete sie, wie zehn Warane zum See liefen und die Fünf Toten Tiere in den See schupsten, dann liefen sie zu den Dolmans, zogen sie zum See und schupsten sie mit den Schnauzen ebenfalls in den See. Die beiden verließen den Felsen und gingen zum Lager zurück. Molly Smith öffnete ihre Augen und begann zu lächeln. „Du bist es wirklich. Ich dachte ich Träume, als ich deine Stimme hörte". „Du träumst nicht, Polly, ich bin es, in Fleisch und Blut". „Wie kommst du hierher und, wie hast du mich gefunden"? „Dass ist eine längere Geschichte, die ich dir erst später erzählen werde. Nur so viel. Wir haben deinen Mann und deine Tochter Mica befreit und werden jetzt versuchen, hier rauszukommen und dann deine andere Tochter zu suchen". Molly Smith lächelte erleichtert. Dann brach man auf, um den Ausgang zu suchen. Man folgte den Opuntien und kam an eine Wand, an der sich drei Steintafeln befanden. Über den Tafeln stand ein Satz, der sie etwas einschüchterte. Wähle weise, du hast nur einen Versuch. Kommissario Gnocchi ließ seinen Gefangenen nicht aus den Augen, denn er wusste um die Verschlagenheit von Spaghetto. Vanessa Bracale schaute die Tafeln an. „Auf allen Tafeln befinden sich nur Zahlen, Prinz Ahmad". Der Prinz nickte angespannt. „Und was soll dass bedeuten, Vanessa". Das es schwierig wird, Raffaella, aber nicht unmöglich". Prinz Ahmad, schauen sie sich die Zeichen an den Steintafeln an. Auf der ersten Tafel ist ein Quadrat, auf der zweiten auch und auf der dritten ist ein Kreis". „Ja, sie haben recht Vanessa. Die Frage ist, was dass zu bedeuten hat". „Eingang, Eingang, Ausgang, vermute ich mal". „Ja, sie haben recht Vanessa. Aber welche Zahlen geben wir in welcher Reihenfolge ein". „Dass ist schwierig, wobei die Zahl in der mittleren Tafel steht wohl für den zweiten Eingang, die Zahl für die dritte Tafel müsste folgerichtig den Ausgang betreffen, also 56 Säulenkakteen und 45 für die Opuntien, aber die erste Tafel, was kann damit gemeint sein". „Vielleicht sollten wir die Zahlen einfach zusammenzählen, Vanessa"? „Dass, Prinz Ahmad, würde keinen Sinn ergeben, weil es mit dem ersten Eingang nichts zu tun hat. Aber, es könnte die Anzahl der Treppen gemeint sein, die zum Todeslabyrinth führten". Und wie sollen wir das jetzt rausfinden, wir sind hier eingesperrt". „Du hast recht Raffaella. Mister Lomes sagte, ich soll auf alles achten, und dass von Anfang an, also habe ich die Stufen gezählt. Es waren 100, und das sollte die erste Zahl sein". „Klingt schlüssig Vanessa, aber wir haben nur einen Versuch". „Ich weiß, Prinz Ahmad". „Versuchen sie es, Vanessa". „Sicher, Miss Leika"? Ich vertraue ihnen. Also geben sie die Zahlen ein". Vanessa Bracale nickte, ging an die Tafeln und gab zuerst 100 ein, dann 56 und schließlich 45 auf der dritten Tafel. Dann wartete man angespannt und hörte ein Knarren, dann öffnete sich die Wand. Da der Gang, den man betrat, nur nach links führte, folgte man ihm und nach etwa 200 Meter tat sich der Boden auf und sie fielen.

Professor Brandy stand vor der Steintafel und las den Satz immer wieder: Suchender, suche die Zeit die verinnt, bringe Ordnung ins Labyrinth, schau, was du gefunden hast, finde das Gesuchte. „Patty, ich verstehe es nicht". Sie schaute sich um. „Was für eine Zeit ist gemeint? Wenn das an der Wand ein Kalender sein sollte, habe ich so etwas noch nie gesehen. Keine der bekannten alten Kulturen, hatte so einen Kalender und sonst gibt es leider nichts, was auf Zeit hinweisen könnte. Sie schaute sich erneut um. Nichts Patty, nichts und wieder nichts, ich bin ratlos und dass kommt selten vor, ehrlich". „Professor Brandy, sie sollten sich etwas ausruhen und es später noch einmal versuchen". „Da haben sie wohl recht Patty, dass werde ich machen". Spezialagentin Bernadoni holte ihren Bogen und spannte ihn. „Was ist los Brischid"? „Ich denke, wir bekommen Besuch Patty". Sie deutete auf die Felswand. „Der Eingang hat sich geöffnet, da wird gleich jemand kommen". Miss Panther und Leutnant Zich stellten sich neben Spezialagentin Bernadoni und spannten ihre Bögen. DerCommandante landete, sah sich um und sah vier Bögen auf sich gerichtet. Nach und nach kamen Doktor Watts, Terry Lomes, General Olligator, Ines Smith, Spike Mihok, Sir Parzival und Professor Rütli in die Kammer. „Brischid, du kannst deine Bogen senken". „Hallo Laura, schön, dich zu sehen. Geht es euch gut so weit"? „So wie euch, nehme ich an". „Ja, da wirst du wohl recht haben". Terry Lomes war erleichtert, als er seine Tochter sah. „Hallo Paps, warum schließt sich der Eingang nicht? Kommt noch jemand von euch"? „Nein Patty, wir sind alle durch". „Wer ist es dann, Paps"? Kurz darauf stand Miss Leika in der Kammer. Ihr folgten Molly Smith, Raffaella und Vanessa Bracale, Prinz Ahmad, Kommissario Gnocchi und Spaghetto. General Olligator atmete auf, als er den Prinzen sah. Ines Smith rannte zu ihrer Mutter und begann zu Weinen."Ich dachte, du bist Tod, Mama". Oh nein, du bist verletzt. Was ist passiert"? „Es ist alles gut mein Schatz, ich hab Hilfe gehabt. Ich möchte dir deine Tante Leika Vorstellen. „Hallo Ines. Deine Mutter ist schwer verletzt und wir sollten sie zuerst von Doktor Watts untersuchen lassen. Wir werden später noch genug Zeit haben, um uns kennenzulernen, meinst du nicht auch". „Ja, Tante Leika". Terry Lomes schaute sich in der Kammer um. Er sah den Satz an der Wand und war verblüfft, als er zu lesen begann. Suchender, suche die Zeit, die verrinnt bringe Ordnung ins Labyrinth, schau was du gefunden hast, finde dass gesuchte. „Vanessa, Prinz Ahmad, würden sie das bitte lesen und mir dann ihre Meinung dazu sagen. Ich werde mich in der Zwischenzeit in der Kammer umschauen". Terry Lomes sah das Kalenderähnliche Gebilde und ging weiter. Er sah den Treibsand und die Sandschlangen, die dort lebten. Er spürte die Hitze, die offensichtlich zuzunehmen schien, oder täuschte er sich, was auch möglich war. „Mister Lomes, auf den ersten Blick, scheint uns dieses Rätsel verwirrend. Die Zeit suchen? Wie kann man Zeit finden? Eine Frage, die eine zweite Frage beinhaltet. Ordnung ins Labyrinth bringen? Was kann damit gemeint sein? Fragen über Fragen und dass bei dieser unerträglichen Hitze". „Sie haben recht Prinz Ahmad. Ich würde sagen, dass wir uns etwas Ruhe gönnen und warten, bis es etwas kühler wird". „Ja, Mister Lomes, ich denke, dass ist eine gute Idee. Wir benötigen alle etwas Ruhe, nach all den Strapatzen, die wir hinter uns haben". „Wo ist Vanessa"? „Die ist bei Professor Rütli, Mister Lomes". Terry Lomes setzte sich auf den Boden, führte seinen Wasserschlauch an den Mund und trank den letzten Schluck Wasser. Er schaute sich um, spürte die Müdigkeit, die ihn überkam, schloss seine Augen und schlief ein. Doktor Watts setzte sich neben ihn. Er dachte an den Brunch, an jede Speise, die es dort gab, und schlief ein. Nach und nach wurde es ruhig in der Kammer und kurz darauf wurde es stockdunkel Die Nacht war angenehm kühl und der

Schlaf erholsam. Terry Lomes wachte auf, schaute sich um, richtete sich seine Pfeife, entzündete den Tabak, stand auf und lief ziellos umher. Was fehlt in dieser Kammer? Es gibt keine Pflanzen, ein See ist auch nicht zu sehen, es gibt nur Sand und Stein. Er schaute zum Treibsand. Ein See aus Sand, in dem Sandschlangen leben, die nicht nur Hochgiftig, sondern auch sehr aggressiv sind. Er beobachtete die Sandschlangen und ihm fiel auf, dass die Schlangen sich in einem bestimmten Rhythmus im Kreis bewegten. Suche die Zeit. Kann es sein, dass der Treibsand eine Sanduhr ist und auch so funktioniert? Bringe Ordnung in dein Labyrinth soll es wohl heißen, das Labyrinth in uns selbst, dass von Ängsten und Vorurteilen nur so strotzt. Nichts in diesen Kammern war bisher uns gegenüber feindlich gesinnt, solange wir es mit dem nötigen Respekt behandelt haben. Was wäre, wenn der Treibsand der Ausgang ist? Ja, dass könnte funktionieren. Ich denke, ich werde es riskieren, dass scheint mir der einzige Weg zu sein, um uns hier rauszubekommen. Terry Lomes weckte Doktor Watts und berichtete ihm von den Beobachtungen, die er gemacht hatte. „Ich habe einen Plan Watts, den ich gedenke umzusetzen" „Moment bitte Lomes. Sie wollen doch nicht etwa

zum Treibsand"? „Doch, dass ist der Plan, Watts".
„Lomes, sie vergessen die Sandschlangen. Wie
wir beide wissen, sind die tödlich. Wir werden es
nie und nimmer bis zum Treibsand schaffen, das
ist unmöglich". „Dass heißt sie kommen mit,
trotz all der Gefahren"? „So ist es Lomes. Ich kann
sie dass nicht allein machen lassen. Gestern, als
sie schon schliefen, haben sich Miss Leika und
Raffaella über italienisches Essen unterhalten,
dass war wie eine Folter für mich, ehrlich Lomes.
Da ist das, was auf uns zukommt halb so schlimm,
dass kann ich ihnen sagen". „Watts, ich gedenke
nicht, mit leerem Magen zu sterben, so viel ist
sicher". Eine Stunde später betraten Terry Lomes
und Doktor Watts den Sand. „Nicht vergessen, wir
zünden eine Fackel an, also achtet bitte auf den
Rauch. Die beiden kamen gut voran, wurden von
den Sandschlangen bis zum Treibsand begleitet.
Dann betraten sie den Treibsand, steckten sich
Stofffetzen in Ohren und Nase und waren kurz
darauf nicht mehr zu sehen. Patty Lomes wurde
langsam nervös. „Die müssten doch schon auf
der anderen Seite angekommen sein, Raffaella".
„Keine Angst, dein Vater weiß, was er macht. Es
braucht wohl seine Zeit, Patty". Miss Leika sah
den Rauch zuerst und dann hörten sie die Stimme

von Doktor Watts. „Alles gut, dauert nicht lange. geht am besten langsam und paarweise". Terry Lomes schaute sich die Kammer an. Sie war nicht groß und er sah eine Treppe, die vor einer Wand endete. Rechts an der Wand, war eine Steintafel angebracht, auf der etwas stand. Terry Lomes las laut, so dass der Doktor es verstehen konnte. „Sei willkommen König der Welt, der du bist nun vom Wissen erhellt. Wissen ist die Macht, die dich zum König allen Lebens macht, dass du von nun an beschützen wirst und weitergibst, was du hast gelernt. Haben sie das gehört Watts". „Ja, jedes Wort, Lomes". Es dauert über eine Stunde, bis alle in der letzten Kammer ankamen. Etwa zehn Minuten später öffnete sich die Wand am Ende der Treppe. Sie betraten einen Gang, der sie ins freie führte. Dort trafen sie auf vier Olligatoren, die im Dschungel nach einem Zeichen von ihnen suchten. Sie führten sie ins Lager, wo alles unter Kontrolle war. Die Bandenmitglieder wurden in das Königliche Gefängnis von Afrika gebracht und die wenigen Toten, die es gab, wurden von Major Bradley nach England gebracht. Tolom Tei kam zu Terry Lomes. „Mister Lomes, sie sollen bitte Sir Mortimer anrufen, sobald sie das Todeslabyrinth verlassen haben". Danke Tolom Tei, dass werde ich sofort machen. Terry Lomes berichtete Sir Mortimer vom Erfolg der Mission. Sir Mortimer konnte auch einen vollen Erfolg melden. „Wir haben die ganze Bande verhaftet. Mister Lomes, Rosalba Bracale, wurde schwer verletzt. Ihr geht es nicht gut, wir hoffen, dass sie wieder gesund wird, wenn ich das mal so ausdrücken darf. Sie sollten sich am besten sofort auf den Heimweg machen". Nachdem Terry Lomes mit Raffaella und Vanessa gesprochen hatte, kam General Olligator zu Terry Lomes. „Ich habe den König informiert. Wir werden mit ihnen nach London fliegen und er wird in zwei Tagen auch nach London Reisen. Wie er mir mitteilte, bekommen alle einen Orden und er meinte alle, die mitgeholfen haben, diese Verschwörung aufzudecken". Einen Tag später landete man in London. Nachdem man Rosalba Bracale im Botschaftskrankenhaus besucht hatte, und Molly Smith dort zur Behandlung blieb, und sich freute, ihre Tochter Mica und ihren Mann wieder in die Arme zu schließen, fuhren Miss Leika, Miss Panther, Terry Lomes, Patty Lomes und Doktor Watts nach Hause. Miss Leika sah dass Packet vor der Haustür. „Mister Lomes, ich werde gleich etwas zu Essen machen, habe aber vorher mit Miss Panther etwas zu erledigen".

„Lassen sie sich Zeit, meine Damen, ich werde etwas zu Essen bestellen". Etwa zehn Minuten später betraten Miss Leika und Miss Panther den kleinen Salon und zeigten ihre Schwarzwaldtracht und freuten sich dabei. „Schauen wir nicht aus wie Zwillinge, meine Herren". Ja, Miss Leika, dass kann man so sagen, meinte Terry Lomes und sah in das Gesicht des Doktors, der froh war, dass er nicht gerade beim Essen war. Am nächsten Tag erfuhr man, dass Rosalba Bracale über den Berg war und bald wieder vollkommen gesund werde würde. Dann kam der Empfang beim König und die Verleihung der Orden. Über das Festbankett, dass im Anschluss stattfand, freuten sich Doktor Watts und Terry Lomes am meisten. „Essen im Überfluss und gute Laune. Was will man mehr, Lomes.

Ende

Impressum

© Autor Bodo Königsmann
Umschlaggestaltung: Rebecca Schätzle
Bild Cover: Amy-Marie Schätzle
Bild Cover Terry Lomes: Cem Özcelik

Verlag: BoD · Books on Demand GmbH,
Überseering 33, 22297 Hamburg, bod@bod.de

ISBN: 978-3-8192-0857-7

Druck: Libri Plureos GmbH, Friedensallee 273,
22763 Hamburg